三生三世
十里桃花
上
唐七
著

新版序

我是個記性很差的人，會記不起很多東西，大學時上過的課程、和朋友聊過的天、剛學會不久的食譜、上週才吃過的餐廳……所以，很自然的是，今次到底是這十二年以來「三生三世」系列的第幾次再版，我也著實是記不清了。然這個系列目前的兩部書能夠多次再版，是我之幸，需感激讀者們。

「三生三世」系列的第一部書是《三生三世十里桃花》，於十二年前面世，其實那時候就有了將之寫成一個系列的想法。似乎當初我還給自己定了一個十年目標，打算十年內將後續的三部——東華、鳳九的《三生三世枕上書》，連宋、成玉的《三生三世步生蓮》，墨淵、少綰的《三生三世菩提劫》——盡數完成，使「三生三世」世界能終成一個完整系列。那時候總覺得十年是很長很長的一段時間，這計畫豈能有完成不了的道理？沒想到十二年之後，堪堪只寫成了《十里桃花》和《枕上書》兩部，截止到寫這序的現在，《三生三世步生蓮》還在連載中，而《三生三世菩提劫》剛打完大綱。

為什麼這計畫未能完成？有時候我想，可能是那十年裡自己還是太過年輕的緣故。這世上有許多人，因年輕而任性，很難按部就班地去進行某種計畫、實現某段人生，那時年輕的我必是其中之一，所以在原本打算創作《步生蓮》和《菩提劫》的時間裡，我去寫了《歲月是朵兩生花》、《華胥引》和《四幕戲》。但有時候我又想，可能每本書都有它應該被寫成的時間，我沒能早一點完成「三生三世」系列，說不定是因為那十年不是正確的時間，所以也怪不著我。

朋友聽了我的理論，大笑說：妳這是推脫抵賴之詞，妳這個人可太無賴了。無賴就無賴吧，過去如何其實已不重要，重要的是我自己知道，未來我總會完成這個系列的。再則，因是重訂下的計畫，是此時的構思，因此新系列的體量比先前計畫中的也多了三分之一。除了從前所定的四部以外，我打算為燕池悟和謝畫樓以及謝孤栦與相雲再各寫一部，將整個「三生三世」系列拓展至六部書。這便是下個十年我將做的事。

《古詩十九首》裡有幾句詩：「青青陵上柏，磊磊澗中石。人生天地間，忽如遠行客。」當我二十來歲時讀這幾句詩，是沒什麼感觸的，但而立之後再念及，每每感嘆。年輕時總覺得還有大把時光可供自己揮霍，但如今，卻常有「忽如遠行客」之感。你我凡人，太易蒼老，需抓緊時間，做些有意義的事，免得垂垂老矣時再行後悔。而於我而言，將「三生三世」系列完成，大約就是我這輩子能做好的最有意義的一件事了吧。

感謝讀者們支持我許久、等待我許久，而我將盡力不辜負你們的支持和等待。

——唐七

二〇一九年十月十九日凌晨於成都

前傳・愛恨之間

近來，她感到有些嗜睡。

奈奈說：「大約是因懷著小皇子，以致分外渴睡些，娘娘無須憂心。」

奈奈是照顧她的婢女，也是九天之上整個洗梧宮唯一肯對她笑、喚她一聲「娘娘」的仙子。其他仙子大多看不起她，因為夜華沒有封給她什麼名分，也因為她沒有仙籍，只是個凡人。

奈奈推開了窗，有風拂過，窗外傳來一陣腳步聲。奈奈的聲音含著驚喜：「娘娘，是太子殿下來看您了呢。」

她像個偶人，緩緩從錦被中坐起，靠著床欄。不知睡了多久，她的腦子不大清醒，雖然剛剛才醒，但仍然犯睏，睏得不行。

被褥陷下去一些，黑髮玄服的太子夜華落坐在床沿。

她擁著被子往後一移，一陣靜默，她想他大約生氣了，她不知什麼時候見到他會有這種懼怕，但懼怕，似乎已成為一種本能。不能讓他以為自己仍在鬧脾氣，不能開罪他太甚，她模糊地想，忍著戰慄低聲搭話：「今晚，星星還亮得好嗎？」聲音卻是顫抖的。

他頓了好一會兒才回答：「素素，現在是白天。」

她習慣性地想要去揉眼睛，碰到縛眼的白綾時才突然想起，眼睛已經沒有了，再怎麼揉，還是一片漆黑，什麼都看不見。於這茫茫天宮之上，她是個格格不入的凡人，還是個瞎子。

夜華沉默了好一陣，手卻慢慢撫上她的臉：「我會和妳成親，我會是妳的眼睛。」

素素，我會是妳的眼睛。

那隻手放在她的臉上，微微冰冷，動作甚至算得上輕柔，卻像一把刀子瞬間扎進她的心。那一夜的噩夢再次惡狠狠地襲來，她恐懼得渾身發抖，一把將他推開。又為這一推惶恐，著力解釋：「我，我不是故意推你，你不要生我的氣……」

夜華來拉她的手：「素素，妳怎麼了？」

心底的疼像一筆濃墨落在白宣上肆意浸染，她顫著牙齒撒謊：「突……突然有些犯睏。你去忙你的吧，我想要睡一會兒，不用管我。」

又是一陣沉默。

她是真的不想讓他再管她。

從前萬分依戀的懷抱萬分依戀的人，如今已變得讓人不能忍受。有時候她會很好奇，他既然那麼喜歡那個女子，當初又為什麼要答應她那個荒唐的要求。當初當初，悔不當初。

良久，有腳步聲起。夜華離開了。奈奈將門輕輕扣上。

她抱著被子空落落坐了一陣，待身子不再發抖，才重重躺回到床榻上。腦子裡一時紛亂如雲，一會兒是東荒的俊疾山，一會兒是夜華的臉，一會兒，是血淋淋的匕首，和她那雙被剜下的眼睛。

她模模糊糊地想，等生下腹中這個孩子，一定要回俊疾山，那裡才是自己的地方，這段孽情，從哪裡開始，就應該在哪裡結束。而且，一定要快。

她將手放在縛眼的白綾上，喃喃道說著疼，聲音裡帶著哽咽，卻沒有哭出來。

又睡了一陣，奈奈躡手躡腳地推門進來，輕輕喚她：「娘娘，娘娘，您醒著嗎？」

她壓著嗓子咳嗽了一聲：「什麼事？」

奈奈頓住步子：「素錦天妃遣婢女送了帖子過來，邀您一同品茶。」

她煩悶地掀起被子遮住臉：「就說我已經歇下了。」

素錦近來頻頻向她示好，她精神好時也曾猜測，或許是因為得了她的眼睛，害她成了瞎子，素錦天妃多少有些內疚。隨即卻又嗤笑自己的天真，素錦她怎麼會內疚，明明是她讓夜華剜掉了自己的眼睛。

這些人，她一個都不想再見到，一個都不想再搭理。她已經不再是三年前那個初來乍到、侷促不安卻又可笑地想要討所有人歡心的小姑娘了。

日近西山，奈奈將她搖醒，說是暮天的晚霞正好斜照到院子裡，景致動人，又有不疾不徐的涼風，正適宜到院中坐坐散一散心。她睡了一天，筋骨躺得極懶散，也覺得該走動走動。

奈奈搬了把搖椅，要將她攙過去。她抬手阻了她的服侍，自己嘗試扶著桌子牆根一步一步挪出去。走得有些吃力，時而磕絆，但心中卻感到一線光明。一定要早些適應，這些都是必須的，只有這樣，以後回到俊疾山才能一個人好好生活。

她躺在搖椅中吹了半刻和風，又有些昏昏欲睡。

恍惚中，似乎還作了個夢，夢中，又回到了三年前俊疾山上她初見夜華的時候。

玄衣黑髮的俊美青年，手持一柄冷劍，一身是血地倒在她的茅草屋跟前。她呆了半晌，手忙腳亂將他拖進屋，上藥止血，瞠目結舌地看著他的傷口自行癒合。不過兩日，瀕死的一身重傷竟已恢復如初，青年醒來沉默看她許久，開口是一把極沉穩的好聲音。青年謝她的救命之恩，非要報答。她自覺不過日行一善，施捨了青年兩服草藥，算不得什麼大恩，卻繞不過他的執著。她開口要金山銀山，青年卻只用幽幽目光看著她：「姑娘未免不把在下這條命放在眼中。」自古以來，沒哪個救命恩人當得像她這般沒奈何，她被煩得無法，兩手一攤：「那你不如以身相許。」青年愣了愣。

但這句荒唐話後，他二人竟真的就成了親。就有了腹中的孩子。

她自記事始，便一個人住在俊疾山中，只知四時更替有春夏秋冬，山中靈物有鳥獸蟲魚，她沒有親人，所以也沒有名字。青年叫她素素，說從此以後，這就是她的名字，她偷偷開心了好幾天。

後來，青年將她帶到九重天上，她才知道青年原是天君的天孫。那時，他還尚未被立為太子。

然在這九重天上，沒有人承認他是她的夫君。他也從未與天君提過，自己在東荒娶了個凡人做夫人。

那一夜，她去青年的寢殿送羹湯，寢殿四圍無人把守，素錦天妃的聲音淒淒切切傳出來：「你娶一個凡人，不過是報復我背叛你嫁給了天君，是不是？可我有什麼辦法，我有什麼辦法，四海八荒的女子，誰能抵擋得了天君的恩寵？呵，告訴我，夜華，你愛的仍然是我，對不對？你叫她素素，不過是因為，不過是因為我的名字裡嵌了個『素』字，對不對？」

那和現實吻合得一絲不差的夢境到此戛然而止，她驚出一身冷汗。愣了許久，她抬手撫摸高高隆起的肚子。懷胎已三年，大約，近期就要臨盆。

入夜後，奈奈久久不曾來服侍她歇下，她還沒有辦法獨自洗漱，只好開口催她。奈奈過來幫她掖了掖蓋在腿上的花毯，答她：「娘娘，再等等吧，或許殿下今夜要過來也未可知呢？」

她啞然失笑。那件事發生後，夜華便再不曾過來歇息。她知道，今後也不會了。也沒有什麼，即便他過來，也只是相對無話，或許還要惹他生氣。

她在這裡是個十足的弱者，從前她不知這一點，總以為有他的庇護，但那件事給了她當頭一擊，若是唯一可依靠之人也成了加害妳的人……她的手不自禁又開始顫抖，趕緊握住。

其實那時候，在東荒的俊疾山上，若夜華告訴她他已有了一位放在心尖上的意中人，她想，她絕無可能那樣荒唐地同他成親。

那時候，她並沒有愛上他，她只是長年生活在碧林深山之中，一個人感到十分寂寞。

可他什麼也沒說，他娶了自己，以禮相待，還將自己帶上九重天。

這九重天境，不復俊疾山只有他二人的清靜單純，時時都有閒言碎語撞進她耳中，關於他同素錦天妃。她天生擅長粉飾太平，所以他和素錦天妃的種種糾葛，她雖然俱有耳聞，卻可以當作從未耳聞。

她想，不管怎樣，他最後娶的是自己，他們是對著東荒大澤拜了天地發了誓言的，她還有了他的孩子，她這麼愛他，總有一天他會被自己感動。

而他，也確實逐漸地對自己溫柔了。

她甚至慶幸地以為，他即便不愛自己，是不是，也有點喜歡自己了呢？愛這種東西，有時候，會讓人變得非常卑微。

可那件事情發生了。於是她一夢醒來，代價是失去雙眼、失去光明。

那一日，天朗風清，素錦天妃邀她去瑤池賞花。她以為是女眷們的小宴，傻乎乎地接了帖子。到了瑤池，才知道只有她們兩人。

屏退了宮娥，素錦天妃拉著她一路行到誅仙台。

誅仙台上雲霧繚繞，素錦站在誅仙台上涼涼地對她笑：「妳知道嗎？天君要將夜華封作太子，將我賜給夜華做夫人。」

她從來弄不懂他們這些神仙的規矩和把戲，只感覺胸腹間一股血氣上湧，也不知道是憤怒，還是迷茫。

一身華服的天妃依然矜持地笑：「我和夜華情投意合，這九重天上本就不是一個凡人該待的地方，生下孩子，妳就從這誅仙台上跳下去，回妳該回的地方吧。」

她不知道跳下誅仙台是不是真的可以回到俊疾山，那時候她也從沒有想過離開。她愣愣地問：「是夜華讓我回去的嗎？我是他的妻子，理所應當，是要跟著他的。」

現在想來，那一番話，實在是自取其辱。

可那時候她一直僥倖地以為，夜華至少是有一點喜歡自己的，只要他有那麼一點點喜歡自己，那自己也是一定要待在他的身邊的。

素錦有些好笑地嘆氣，突然抓住她的手，帶著她向誅仙台邊緣倒去。

她以為素錦要將自己推下誅仙台，趕緊用手抓住台緣的木桅，可翻下高台的卻是素錦。她還沒有反應過來，身旁已掠過一個黑色的影子，跟著跳了下去。

夜華抱著素錦站在她的面前，冷冷地看著她，那一雙黑色的眼睛裡，醞釀了滔天的怒火。

素錦在他懷中氣息微弱地開口：「別怪素素，想來，她也不是故意推我的，就是聽了，聽了天君要將我賜給你的消息，有些衝動。」

她睜大眼睛，難以置信，她明明，明明什麼也沒有做。

「不是我，不是我，我沒有推她，夜華，你信我，你信我……」她一遍又一遍試圖向面前的青年解釋，驚惶地、毫無章法地，像個跳樑小丑。

他手一揮，低斥道：「夠了。我只相信我所看到的。」

他不願聽她解釋，他不相信她。他抱著素錦，眉間焦灼，眼中像淬了寒冰，匆匆邁下誅仙台，將她丟在一旁。

她不知自己是怎麼回到院中的，腦中一遍又一遍，皆是他眸中的灼灼怒火。

那一夜剛入夜，夜華匆匆來到她的院子，神色晦暗地站在她的跟前：「素錦的眼睛被誅仙台下的刀兵之氣灼傷，素素，因果輪迴，欠了別人的債，是一定要還的。」頓了頓，又道：「別害怕，我會和妳成親，從今以後，我會是妳的眼睛。」

此前，他從未提過要在這九重天上同自己成親。她心中一時冰涼，憤怒和恐懼一起湧上來。她料不到自己竟有一日會如此失態，抓住他的手近乎歇斯底里：「你為什麼要我的眼睛？是她自己跳下去的，是她自己跳下去的，與我半點關係都沒有，你為什麼不信我？」

他目光沉痛，繼而冷笑：「誅仙台下戾氣繚繞，她自己跳下去？不想活了？素素，妳真是變得越來越不可理喻。」

她看著他眼中滲出寒意，一時茫然。在這九重天上，他是自己的唯一。自懷上腹中的孩子，她就一直想著，想著等孩子生下來之後，有一天一定要和他牽著孩子的手，看十里雲海翻湧，萬丈金芒流霞。他不知道光明對於自己，有多麼重要的意義。

她被剜去了雙眼。奈奈照顧了她三天，三天之後，素錦站在了她的面前，笑說：「妳這雙眼睛，我用著甚好。」

她大徹大悟。

你有沒有愛過一個人。

你有沒有恨過一個人。

其實那本是他們二人間的愛恨情仇，她不過一個路人，模模糊糊被牽扯進來，是命中的劫數。

這兩日，她已不再日夜顛倒，學會了靠耳朵捕捉蛛絲馬跡，應辨晨昏。

午膳用過後，奈奈跌跌撞撞地跑進院子，上氣不接下氣：「娘娘，娘娘，天君方才頒下天旨，要將……要將素錦天妃賜給……賜給太子殿下。」

她笑笑，夜華被封作太子已有一段時日，這也是遲早的事。可素錦終究還是做不了夜華的正妻。她近來聽說，天君當年與青丘之國的白止帝君有過約定，繼任天君，必迎娶他的女兒白淺為后。這些事情，夜華從未告訴她，但有些東西，她想曉得還是可以有辦法知道，她並不像他們所想的那麼笨拙，那麼沒有辦法。

其實，她從一開始，就不該招惹這些神仙。

肚子突然開始劇烈地疼痛。

奈奈一迭聲叫喊：「娘娘，您怎麼了？」

她捂住肚子勉力道：「大概，是要生了。」

分娩過程中，她暈過去又疼醒來。據說素錦換眼時，夜華守了她一天一夜。但此時她生育他的孩子，她的身邊只有奈奈作陪。劇烈疼痛中最是容易軟弱，她克制著自己不去叫夜華的名字。已經夠悲慘了，所以不能再更加地悲慘。

奈奈哭著說：「娘娘，您放開我的手，我去找太子殿下，我去找太子殿下。」

她已經疼得說不出話來，只好一遍遍朝她做口型：「奈奈，妳陪我一會兒，就一會兒。」

奈奈哭得更加厲害。

是個男孩。

她不知道夜華是什麼時候過來的，醒來的時候感到他握著自己的手，一雙手仍是冰涼，帶得她一顫，她忍住沒有將手抽出來。

他把孩子抱過來，道：「妳可以摸摸他的臉，長得很像妳。」

她沒有動。是她三年懷胎的孩子，伴著她無數個日日夜夜，她當然喜歡這個孩子，但她沒有辦法帶著他在俊疾山生活下去。已經下定決心拋棄他，就不要去碰他，不要去抱他，不要讓自己對他產生更深的感情。

夜華在她身旁坐了很久，孩子時而哭哭鬧鬧，他一直沒有說話。

夜華走後，她將奈奈叫到面前來，告訴奈奈，自己給孩子起了個小名叫阿離，勞她以後多多照顧他。奈奈懵懵懂懂應了。

夜華天天來看她，他本不是一個多話的人，她以前倒是話多，但近來沒興趣說什麼，二人大多時都只是沉默。好在即便她不說話夜華也並沒有生氣，大約體諒她還在坐月子。偶爾在沉默中想起失去雙眼前最後所見是夜華浸滿寒意的目光，這種時候，她還是忍不住要發抖。

夜華沒有和她說起他同素錦的婚事，奈奈也沒有。

三個月後，她身體大好。夜華拿來很多衣料，問她喜歡哪一種，要為她做嫁衣。

他說：「素素，我早說過，要和妳成親。」

她覺得莫名，既然要和自己成親，為什麼當初又要剜掉她的眼睛。

後來她想通了，夜華他只是可憐自己，覺得她一個凡人，又沒了眼睛，雖然是自作自受，但可恨的同時，也十分讓人憐憫。他可以有許多側室，給她這樣一個不痛不癢的名分，也沒有什麼。

她想她一定得走了，這九重天上，再也沒有任何可讓人留下的理由。

奈奈陪著她散步，兩人一次又一次重複洗梧宮到誅仙台的路線。奈奈奇怪，她告訴這個忠心的小宮娥，她只是喜歡聞這一路上的芙蕖花香罷了。

半個月過去，她已能憑著感覺暢通無阻來往洗梧宮和誅仙台之間。

騙過奈奈是很容易的事情。

她站在誅仙台上，突然覺得心像風一樣輕。阿離有奈奈照顧，她很放心。立在這雲霧茫茫的高台之上，她突然很想再告訴夜華一次，她沒有推過素錦，不是她欠了素錦，是他們欠了她，欠她一雙眼睛，與半生平順安穩。

在俊疾山上，夜華曾給過她一面漂亮的銅鏡。那時，他要去遠方做一件重要的事，她一個人孤單，他便從袖袋裡取出這樣一個寶貝，告訴她，無論他在哪裡，只要她對著鏡子叫他的名字，他都可以聽到，若他不忙，便陪她說話。

她其實不知道為什麼來到這九重天上，她仍將這鏡子帶在身邊，大概因為這是夜華送她的唯一一件東西。

她將鏡子取出來。很久沒有叫他的名字，已經有些生澀。她說：「夜華。」頓了很久，耳邊傳來他的聲音：「素素？」

她沉默片刻，再次開口：「我要回俊疾山了，不用到處找我。我一個人會過得很好。幫我照顧好阿離。我以前一直夢想有一天能牽著他的手，陪他一邊看星星月亮雲海陽光，一邊給他講我們俊疾山上的故事，現下怕是不能了。」想了想又補充道：「別告訴他他的母親只是一個凡人，天上的神仙不太看得起凡人。」

明明是很普通的訣別話，一瞬間卻突然想要落淚，她連忙抬起頭看天，卻又想起，早就沒了眼睛，淚水又從何而來？

夜華的聲音有些壓抑：「妳在哪裡？」

「誅仙台，」她靜靜道，「素錦天妃告訴我，跳下誅仙台，我就可以回到俊疾山了。我現在已經習慣看不到東西，俊疾山是我的家鄉，周圍都很熟悉，我一個人生活也不會不方便。你不用擔心。」停了停，又道，「其實我當年，不應該救你，若是時光能夠重來，我不會救你的，夜華。」

就聽到他急促地打斷她的話：「素素，妳站在那裡不要動，我馬上過來。」

她終究還是沒有再一次向他辯解，那時素錦並不是她推下的。終歸是此生不會再見，有些事，是不是、對不對已經不再那麼重要。

她輕聲道：「夜華，我放過你，你也放過我，我們從此，兩不相欠吧。」

銅鏡自她手中跌落，哐噹一聲，隱沒了夜華近似狂暴的怒吼：「妳給我站在那裡，不許跳……」

她翻身躍下誅仙台。風聲獵獵中一聲長嘆：夜華，我對你再沒什麼要求了，這樣很好。

那時候，她並不知道，誅仙台誅仙，只是誅神仙的修行；而凡人跳下誅仙台，卻是灰飛煙滅。

那時候，她也並不知道，自己其實並不是個凡人。

誅仙台下的戾氣將她傷得體無完膚，卻也正是因為那可敵千千萬萬絕世神兵的戾氣，劈開了她額間的封印。她從未料到，額間那顆硃砂痣竟是兩百年前鬼君擎蒼破出東皇鐘時，她為將他重鎖回去與他大戰一場時被他種下的封印。它斂了她的容貌記憶和周身仙氣，將她化作一個凡人。

前塵往事接踵而至，她的腦子在一片混沌中清明，忍著千萬戾氣灼傷仙身的苦楚，暗暗告訴自己：「白淺，妳生來仙胎，不用修行便是神女。可四海八荒哪有這麼便宜的事情，不歷這一番天劫，妳又怎麼飛昇得了上神。這須臾幾十年的愛恨恩怨，不過一場天劫。」

她昏倒在東海之東折顏上神的十里桃花林裡，折顏將她救醒後大是感嘆：「妳阿爹阿娘並幾個哥哥發了瘋似地尋妳，我也是急得這麼兩百多年來沒有睡個安穩覺，妳這眼睛、妳這滿身的傷痕，究竟是怎麼一回事？」

誅仙台上絕殺之氣太甚，毀了她些微記憶，她的腦中略有模糊，但至傷的那些還印得十分深刻。怎麼一回事？一場劫數罷了。

她笑著對折顏道：「我記得你這裡有一種藥，吃了就可以把想忘記的事情全忘乾淨？」

折顏挑起眉頭來：「看來妳這些年，過得很傷情。」

傷情是句實話，幸得只有幾年。

眼前熱氣滾滾的湯藥味道極是氤氳。

她一飲而盡，這世間再沒俊疾山上的素素了，那不過是青丘之國白止帝君的么女白淺上神作的一場夢，帶著無盡苦楚和微微桃花色。

夢醒之後，夢中如何，便忘乾淨。

楔子・青丘白淺

（三百年後）

東海水君新得麟兒，為準備兒子的滿月宴，凌霄殿上的朝會已是連著幾日告假，天君睜一隻眼閉一隻眼，全由著他去。

多寶元君心下好奇，不過一個酒宴而已，何需如此大費周章。

於是乎，這日退朝後，特意追上了素來與東海水君交好的南斗真君，意欲打探個究竟。

九重天上本就無聊至極，眾仙對東海水君告假之事的關注可不是一日兩日，見多寶元君開了個頭，便紛紛朝殿前的南斗真君圍了過去。

南斗真君大是疑惑：「各位仙友難道不知，半月後東海夜宴，青丘的那位姑姑也要前去嗎？」

東海之外，大荒之中，是為青丘。

說到這裡，特揖起雙手向正東方向的青丘拜了拜，才續道：「那位姑姑有眼疾，見不得強光，東海龍宮的珊瑚牆琉璃瓦卻過於璀璨刺眼，是以東海水君正滿天滿地尋找青荇草，要編成氈子擋了這些太亮堂的東西。」

此言一出，凌霄殿前一片譁然。

南斗真君口中的姑姑，乃是白止帝君膝下小女，姓白，單名一個淺字，因是上輩的遠古神祇，為表禮數，眾仙便都喚她一聲姑姑。

盤古一把巨斧開天闢地以來，各族間征戰不休，天地幾易其主，遠古神祇大多應劫，消失的消失、沉睡的沉睡。

還活在這世上的，左右數來，不過九重天上的天君一家、隱在東海之東十里桃林的折顏上神，及青丘之國的白止帝君一家而已。

說到這白淺，還牽扯到天家一樁不算秘辛的秘辛。

據說五萬年前，白淺曾和天君膝下的二皇子桑籍訂親，本也是門當戶對的一樁好姻緣，可桑籍不知怎麼的就看上了白淺的婢女，死活要與白淺退婚。

白止帝君不堪受辱，偕了折顏上神一同到九重天上來找天君討說法。

天君震怒，流放了二皇子，讓他去北地，封了個北海水君。又頒下天旨，以天族名義，為繼任天帝聘下了白淺為后。

三百多年前，天君昭告四海八荒封長孫夜華為繼任天帝。

九天神仙滿以為不日便將喝到夜華君同白淺的喜酒。可這三百年來，卻從未有他二人將共結連理的傳聞。

只聽說夜華君雖有個兒子，正妃之位卻一直虛空以待。而白淺上神則一直待在青丘之國，誰的帖子也沒辦法將她請出來。

男未婚女未嫁，兩家卻並不著急，這也是個奇事。

眾仙矜持地感嘆一回，轉而都讚東海水君好福氣，姑姑幾萬年不曾出過青丘，如今卻讓他請動了，實在有面子。

南斗真君點頭道：「本也是很有面子的一件事，然東海水君近日卻十分煩憂，因未曾料到姑姑會接下帖子赴宴，是以此前也請了北海那位水君。前日聽說夜華君近來帶著小天孫遊東荒，也打算順道來東海賀一賀喜。三位免不了在宴席上碰面，東海水君如今膽戰心驚，就怕到時候醞釀出什麼禍事。」

這九重天上大多是有些資歷的老神仙，對北海水君、青丘白淺上神和繼任天帝的事皆有耳聞。可也有剛飛昇不久的小仙傻乎乎地問：「青丘的那位姑姑是誰，她和夜華君、北海水君曾結下了大樑子嗎？」

眾仙便少不了七嘴八舌解釋一番，此番解釋中又少不了勾出來那許多的奇聞逸事。

傻乎乎的小仙抓不住重點，滿臉神往地搖著未畫扇面的白紙扇：「北海水君寧願得罪白止帝君也要同那位姑姑的婢女成親，倒不知那婢女是何等風姿。」

多寶元君掩著嘴角咳嗽一聲：「本君倒是見過那女子，當初二皇子挽了她跪到天君跟前，要給她一個名分，確實是不可多得的美人，不過比起白止帝君家的那位娘娘，卻還差得遠。本君雖未曾見過姑姑，但聽聞姑姑神似其母，比其母倒還要美上三分。」

各路神仙中仙齡最長的南極仙君捋著垂地的白鬍鬚沉吟道：「小老兒倒是見過一次姑姑的，那時小老兒還是天君座下的童子，隨天后娘娘去折顏上神處看桃花。姑姑就站在桃樹枝上跳舞，因隔得遠，只能看到灼灼桃花間大片紅衣，那情景卻曼妙得很，曼妙得很。」

眾仙皆是一陣唏噓，嘆道如此傾城佳人也會被退婚，天意實在難測，扼腕一番後，心滿意足地散去。

此後，東海水君發出的滿月宴請帖在四海八荒貴極一時，都是後話。

第一章　前塵往事

若水神君嫁去東海的大姑娘不滿三年就給東海水君添了個男丁，若水、東海兩家皆大歡喜。

東海水君本人更是得意非凡，為兒子做滿月酒的請柬撒遍了天上地下，連阿爹阿娘住的狐狸洞也送來了一份。

阿爹阿娘已遊方在外數百年。大哥、二哥、三哥相繼安家立室分了封地，四哥則去了西山尋找走失的坐騎畢方鳥。是以，狐狸洞如今只剩我一人當家。

我拿了帖子逆光對著洞外的水簾子照了半晌，因想起阿娘生我時難產，似乎正是請這東海水君他曾祖父家的穩婆幫忙才少吃了許多苦頭，於是抱了只南瓜大小的夜明珠，準備去東海走一遭。

我識路的本事不大好。

臨行前便去隔壁的迷穀老兒處要了枝迷穀樹的樹枝丫。

迷穀樹天生黑色木理，孕出的迷穀花五色芳華。不過那花除了夜裡用來照明，沒有半點旁的用處。

深得我心的倒是迷穀的樹枝丫，只要佩一枝在身，就萬萬不會迷路。

迷穀老兒本體是一株迷穀樹，鴻蒙之初就長在南荒的招搖山上。

阿娘懷著四哥時，有一回同阿爹鬧彆扭離家出走，迷路迷到招搖山。阿爹尋到阿娘的時候，擔憂阿娘下次獨自離家再迷路，於是乾脆把招搖山唯一的那棵迷穀扛回了青丘，栽到了家門口。

青丘是仙鄉福地，這棵迷穀樹沐日月精華、順四時之氣，三千年之後竟修成了人形。又過三千年，坐化成了個不大不小的地仙。

阿爹送了他幾捆竹子做賀禮，他便用這幾捆竹子並些茅草，在狐狸洞旁蓋了三間棚，同我們做了鄰居。

因做的是青丘之國的仙，便隨了其他的小仙，喚阿爹一聲君上。

迷穀老兒其實並不老，我出生兩千多年後他才修成人形，唇紅齒白的，一雙桃花眼微微上挑。

青丘的女仙大半都請阿娘作媒向他提過親，可一次都沒成。

迷穀老兒看起來雖一副風流形狀，卻很重禮數。每次一見我，都要兩手一揖，恭敬喚一聲「姑姑」。這個禮數，我很受用。

今次迷穀老兒將樹枝丫遞給我時，神色間頗有鬱鬱，不知被何人招惹，若是問他免不得聽他一頓嘮叨。我琢磨著還是慎言，得了東西便立刻捏了個訣招來祥雲，按上雲頭直奔東海。

東海之東有十里桃林。

三哥聽說我要去東海赴宴，曾專程捎信過來，讓我回程時去折顏府上找他討兩壺桃花醉。

折顏正是十里桃林的主人，一隻老得連他自己都記不得自己確切年齡的老鳳凰。

阿娘說，折顏是開天闢地以來大洪荒時代孕出的第一隻鳳凰。父神親自將他養大，地位比起如今的天君還要高上幾分。

我出生時，這世間已尋不到父神的神跡。

阿爹阿娘帶我去看折顏，他斜挑了眉角抿著嘴朝阿爹笑：「這就是你家娘子新近給你添的姑娘？這小模樣長得倒真是不錯。」

折顏和青丘之國的淵源主要是從阿娘開始。

據說萬萬年前，折顏曾向阿娘求過親，連聘禮都送上了門。

但阿娘瞧上的卻是我那榆木腦袋的阿爹，直了脖子硬是不點頭。

為此折顏還和阿爹酣暢淋漓打了一架，打完後兩人卻結拜了兄弟。

過了年，阿爹八抬大轎將阿娘迎來了青丘，還是請的折顏主婚。

按輩分算，我和上面的幾個哥哥都得尊折顏一聲「伯父」。

但他從來「為老不尊」，堅決認為自己其實很是年輕，誰敢在稱呼上把他叫老了他就能把誰記恨個千千萬萬年。

於是，我們只得膽戰心驚地跟著阿爹阿娘直喚他的名字。

折顏雖然釀得一手好酒，本人卻並不喜歡宴席上的觥籌交錯。

「退隱三界、不問紅塵、情趣優雅、品味比情趣更優雅的神秘上神」是他對自己的定位。

是以仙家們邀折顏飲酒作樂的帖子，他素來一笑置之。眾仙家邀他同樂，本也是對這沒供著什麼實職卻地位崇高的上神表示親近之意。這廂裡他置之得久了，那廂裡仙家們大概也就摸出個名目，道是這位閒散上神只可尊敬不可親近，於是，再邀他的心思也就淡了。

折顏樂得清靜，一心一意地在桃花林裡務起農來。

到得東海邊上，我掐指算了算時辰，離正式開宴還有一天半。

想起三哥的囑託，便打算先轉道去折顏府上走一趟，向他討一罈子桃花醉。灌兩壺給三哥捎帶回去，再灌一壺並著夜明珠給東海水君送去作賀禮，剩下的埋在狐狸洞跟前慢慢喝。

這正是桃花盛開的時節，十里桃林十里桃花，漫山遍野的灼灼芳華。

我熟門熟路朝桃林深處走，一眼看到折顏正盤腿坐在空地上啃桃子，偌大一個桃子，轉眼就只剩一個核了。

折顏笑盈盈朝我招手：「這不是白家小丫頭嘛，真是越長越俊了，過來，」他拍拍身邊的空地，「坐這裡來，讓我仔細瞧瞧。」

天上地下的神仙裡頭，也沒幾個輩分高得可以叫我小丫頭了。這聲小丫頭令我油然生出一種自己其實還很嫩的錯覺，感慨無比，受用無比。

我「從善如流」地坐過去，折顏就著我的袖子擦了擦手。

我思索著要怎麼開口才能順利討到那罈酒，就聽折顏噗哧笑道：「妳待在青丘幾萬年，這一趟出來得倒是甚好。」

我愣了半晌，沒太弄清楚他這句話是個什麼緣由，只得陪笑道：「這裡的桃花也開得甚好，甚好。」

他笑得更深：「前些天，北海水君帶著他娘子來我這裡閒賞了幾日桃花。我還是第一次看到他那小娘子，真是天真可愛得緊。」

這下我倒笑不出來了。

北海水君那小娘子喚作少辛，這名字還是我給起的。

也記不清是多少年前，我和四哥去洞庭湖遊玩，在半人高的蘆葦蕩裡，發現了條被欺負得氣息奄奄的小巴蛇。

我看著可憐，便央四哥將它帶回了青丘。

那時小巴蛇已修成了精，雖軟趴趴的，但也勉強能化出個人形，這便是少辛。少辛在青丘養了兩年傷，傷好後，說要報答我，就留了下來。

那時阿爹阿娘已常不在青丘，狐狸洞由四哥當家，四哥安排她做了個灑掃婢女。此前狐狸洞一個婢女也沒有，灑掃這活計全是我在做。

我樂得清閒，便成天地不著家，在大哥、二哥、三哥、折顏處換著廝混。

日子就這麼安安生生地過了兩百年，一日阿爹阿娘回來青丘，說為我訂了門親事。未婚夫便是北海水君桑籍。

當時的桑籍還是天君座下盛寵的二小子，住在九重天上，並未被封到北海去。

天君將桑籍和我訂親的事廣布八荒四海，各路神仙無人不知無人不曉。知了曉了就要上門來閒磕閒磕順便道句恭賀。

四哥與我不勝其煩，乾脆收拾了包袱雙雙躲去了折顏的桃花林。

這一躲就躲出了問題。

等吃飽了桃子再回到青丘，少辛不見了，灰不溜秋的狐狸洞裡只壓了封桑籍的退婚書，說是他對少辛日久生情，此生非少辛不娶，對不起我云云。

我自以為這算不上什麼大事。一來桑籍我從未見過，談不上有感情；二來少辛和我相處的時日不長，即便有感情也難說多麼深厚；三來連林子裡的牲畜都有資格選擇模樣好的配偶，眾生平等，沒道理桑籍就該被剝奪這個權利。說句客氣話，他們配成一對，於我倒真是沒有什麼。

然而這事終於還是鬧到了天君跟前。

倒不是我去鬧的。

據說是桑籍親自挽著少辛的手跪到了天君的朝堂上，說要給少辛一個名分。

這事不到半天，就傳遍了海內八荒。

有善心的道：「青丘白家的么女真可憐，從前還道是樁好姻緣，訂親不過三年就被夫家拋棄，以後可還怎麼嫁人。」

也有碎嘴的嚼舌根：「也不知那條巴蛇長得是怎樣的傾國傾城，竟然比得過九尾白狐的天生媚態？」

至此，阿爹阿娘、大哥、二哥、三哥並折顏一行才知道我被退了婚。

折顏當即拽了阿爹阿娘直奔九重天去尋天君討說法。

具體怎麼著討的說法我不大清楚，只知道此後桑籍便失了寵，天君匆匆封了他個北海水君的職，職位還在他弟弟四海水君連宋之下，明眼人一瞧就曉得這是被流放了。至於他和少辛的婚事，始終都未被承認。

阿爹對這事發表的唯一感想是：「死小子，便宜他了。」

折顏倒還厚道，半是看熱鬧半是惋惜地嘆了句：「為了個女人毀了自己一生前程，何苦來哉。」

那時我年少天真不知事，總覺得主角既是桑籍和少辛兩個，便與我沒多大關係，算不得我吃虧。

後來天君親自在朝堂上頒了旨。這倒霉催的天旨大意說，雖然太子未定，但青丘白家的么女白淺已被天族定下了，是天族的兒媳，未來的天后娘娘。

換言之，自己的兒子們誰想做繼任天君，就非得娶青丘白家的白淺不可。

明著看是隆恩，不過這隆恩也太隆了，天君座下其他幾個兒子為避爭寵的嫌隙，基本上不來搭理我，當然，我也未曾有幸去搭理過他們。而別的神仙們又礙於天族顏面，不敢冒著和天族翻臉的危險來找阿爹下聘。從此，我便徹底無人問津，成為一個嫁不出去的女神仙。

三百多年前，天君封了長孫夜華君做太子，繼任帝位。

對這半途冒出來封作太子的夜華，我全無瞭解，只聽說桑籍被流放後，因座下其他幾個兒子均資質平平，天君一度很是抑鬱。幸虧三年後，大兒子央錯為他添了個敦敏的孫子，天君他老人家才從抑鬱中自拔出來，甚感欣慰。

這敦敏的孫子，便是夜華。

依照天君當年頒下的天旨，這位夜華君便是我未來的夫君了，我須得同這位少年神君成親。夜華那廂，據說已娶了個叫作素錦的側妃，恩寵盛隆，還生了個小天孫，自然無心與我的婚事。我這廂，雖不像他那般已有了心尖上的人，可一想到他晚生我近十萬年，論輩分當叫我一聲姑姑，論歲數當叫我一聲老祖宗，便狠不下心來，逼自己主動做成這樁婚事。

以至於婚事拖累至今，搞不好已成了整個四海八荒的笑柄。

北海水君桑籍引出的這樁事裡，我豈是不虧，簡直虧大發了，自然對始作俑者諱莫如深，弄死他的心都有了。

我琢磨著折顏此番特意提起北海水君，絕不是與我添堵，應是拋磚引玉，全為挑出一段含有猛料的下文，於是趕緊合他的意做出興味盎然的樣子來，豎起耳朵洗耳恭聽。

他嘴角的笑紋裂得益發深：「那小娘子害喜可害得厲害，不過幾萬年時間，已為北海水君添了三胎，現下肚子裡這個，據說是老四，可見巴蛇確實是能生的。那小娘子因害喜的緣故成天吵著要吃桃，這個時節，桃花倒是處處開遍，可要說起桃來，天上地下，除了我這裡，也再沒其他地方有得吃了。是以北海水君厚著一張臉皮找上了門，既然他這麼求了，我也不好意思不給。」

我瞪了他一眼，低下頭去捋裙子上的幾道褶痕。因一向覺得折顏是同我們青丘拴在一條繩兒上的螞蚱，這個事情上他竟然不同我們同仇敵愾，還慷慨地送北海水君桃子，著實讓人失望。

他看了我一會兒，噗哧笑出聲來：「妳看妳，臉都綠了。不就幾個避子桃嘛。」

我猛抬頭，動作太突然，一時不慎撞上他低下來的額角。

他卻渾不在意，拿腔拿調地揶揄我：「看吧，聽我給了別人蜜裡調油的小夫妻倆避子桃，一下子心就軟了不是。我說，那避子桃也不過就是讓北海水君家這幾萬年裡暫時添不了老五，失不了他多少福氣，也損不了我多少陰德的。」

其實，北海水君什麼時候添得了五皇子與我又有什麼相干，那避子桃左右吃不死人。當年若不是他退婚，也惹不出後來這一大堆破事，折顏此番給他這個教訓，我由衷地讚賞。但既然折顏他老人家已認定其實我很是心軟，我也不好多說什麼，只能默默受了。他又是一番安撫，大意總脫不了天君一家子烏龜王八蛋，子子孫孫無窮盡都是烏龜王八蛋之類。

罵完天君一家後又問起我家裡人一些近況，也聊些別的，從東荒外滄海桑田幾萬年如何變化，到海內小打小鬧又起了幾場戰事，再到誰家的誰誰看上了誰家的誰誰不日就有良緣將要鑄成。折顏處總有無窮八卦，我虛心求教，他零七零八各路雜事竹筒倒豆子也似一股腦兒灌給我聽。

起初我還惦記著那罈子桃花醉，三兩下就被繞得頭暈，討酒的事也忘個乾淨。

待夜幕降得差不多時，還是折顏提醒：「小三子讓我給他製了兩壺酒，就埋在後山碧瑤池旁那株沒長幾片葉子的杜衡底下，妳今夜就歇在那處，順便挖了酒給小三子帶回去。就兩壺，可別灑了，也別偷喝。」

我撇嘴：「你也忒小氣。」

他探身來揉我的髮：「那酒妳可真偷喝不得，若實在想喝，明日到我酒窖裡搬，搬得了多少妳就搬多少走。」想起什麼似地又含笑囑咐，「夜裡別四處走，今日我這處還有旁的客人，你們這個時候相見，我覺著不大合宜，還是不見為好。」

對他前頭那一句，我自是打千作揖地千恩萬謝，心裡的算盤卻早打好了，近年不同小時候，來一趟十里桃林越發不易，那兩壺桃花醉是要偷喝的，他酒窖裡的酒，也是要可著勁兒搬的。

對他後頭那一句，他這個囑咐卻是個白囑咐，近時我不大愛熱鬧，夜裡也不大喜歡四處遊逛，更不大結交朋友。這位客人是個什麼客人，我沒有太大興趣。不過他讓我避著，我自然避著。

第二章　驀然重逢

四哥幫忙造的小茅棚顫巍巍立在碧瑤池旁。到折顏府上廝混，我向來獨住這一處。

當年離開桃林的時候，這小茅屋已十分破敗，如今遭了幾萬年的風吹雨打太陽曬，它卻仍能亭亭玉立，著實令人欽佩。

掏出顆夜明珠四下照照，折顏上心，小茅棚裡床鋪被褥一應俱全，很合我意。

門旁豎了支石耒，正是當年我用來掘坑栽桃樹苗的，現下用它來挖那兩壺桃花醉，倒是正好。

今夜裡九重天上的月亮難得地圓，折顏說的那棵杜衡極是好找。

我比劃著石耒對著杜衡腳底下的黃泥地一頭砍下去，呵，運氣好，透過鬆動的黃土一眼便看到東嶺玉的酒壺，映著幾片杜衡葉子，煥發出綠瑩瑩的光來。我歡喜且迅猛地將它們扒拉出來，抱著飛身躍上屋頂。小茅棚抖了兩抖，堅強地撐著沒倒。

屋頂上夜風拔涼拔涼，我打了個哆嗦，摸索著將封死的壺嘴拔開、壺口拍開。剎那間，十里桃林酒香四溢。我閉眼深吸一口氣，越發地佩服起折顏那手釀酒的絕技來。

我平生做不來多少風流事，飲酒算是其中之一。

飲酒這樁事，得重天時、地利、人和。今夜長河月圓，是謂天時；東海桃林十里，是謂地利；小茅棚頂上除了我一個，還棲息了數隻烏鴉，勉強也算人和了。我就著壺嘴狠抿幾口。嘖嘖咂了遍舌，有些覺得，這東嶺玉壺裡的桃花醉比之前我喝的，味道略有不同。不過，許是太久沒喝折顏釀的酒，將味道記模糊了也未可知。

一口復一口，雖沒有下酒的小菜，但就著冷月碧湖，倒也是同樣暢快。

不多時，飲了半壺。風一吹，酒意散開來，就有些迷迷瞪瞪。

眼前瑩黑的夜仿似籠了層粉色的幕帳，身體裡也像燃了一把火，燒得血滋滋作響。我甩甩頭，抖著手將衣襟扯開，那熬得骨頭都要蒸出汗來的高熱卻如附骨之疽。神志迷濛著抓不了一絲清明，只是隱約覺得這可不像是單純醉酒的形跡。那熱逼得我退無可退，全不知要捏個什麼訣才能將它壓下去，或者什麼訣都不能將它壓下去。

我搖搖晃晃站起來想要縱身下去到碧瑤池裡涼快涼快，卻一個趔趄踩空，直直從屋頂上摔了下去。

神思中預感這一摔一定摔得痛，奇的是身體卻並無觸地的鈍痛之感，只覺轉瞬間被一個涼涼的物什圍著圈著，降下來不少火氣。

我費力地睜開眼睛，模糊地辨出眼前這物什是個人影，著一身玄色的長衫，不是折顏。

天旋地轉，白色的月光鋪陳十里夭夭桃林，枝頭花灼灼葉蓁蓁，兩步開外的碧瑤池也浮起層層水汽，忽地便化作一片熊熊天火。

我趕緊閉上眼，身體已是燙熱得疼痛。只循著那一絲涼意拚命朝面前的人影身上靠，仰起的臉頰觸到他下巴脖頸處一片裸露的肌膚，好比一塊冰涼的玉石。手指已經有些不聽使喚，我顫抖著去解他腰間的繫帶，他便開始推我。我趕緊貼上去安撫：「莫怕，莫怕，我只是涼涼手。」他卻推拒得更加厲害。

這十幾萬年來，我不曾用迷魂術引過什麼人，今夜卻是無法。昏昏沉沉地集中念力睜開眼睛看他時，我心下尚且有些惴惴，不知道久未用這門術法，如今倒還中不中用。他顯得有些疑惑，一雙眸子陰沉難定，卻慢慢將我摟住了。

錦雞打鳴三遍，我慢悠悠醒轉，隱約覺得昨夜似乎作了個十分有趣的夢。夢裡我一副風流形狀，恣意輕薄了一位良家少年郎。雖然這個輕薄，不過就是抱著他涼了涼手。折顏捎帶給三哥的那兩壺酒，果然有問題。我揉著腦袋仔細回憶那少年郎的模樣，迷濛中卻只記得一襲玄色長衫和十里夭夭的桃林。其實這個夢，像是夢又不像是夢。

折顏的桃花林與東海本就隔得不遠，我並不著急。去後山的酒窖裡另搬了三罈子陳釀，並著那一壺半的桃花醉一同裝進袖子裡，才同折顏告辭。

他哼哼唧唧，囑託我回去後記著讓四哥過來幫他翻山前的那兩畝薄地。

我如實相告：「四哥的畢方鳥離家出走，他一路追去已許久沒回狐狸洞，你這個算盤倒是要落空。」折顏臉色難得端肅，長嘆一聲：「早曉得當年不該幫他從西山將畢方獵回來，搬起石頭砸自己的腳，說的想必就是我現下此種境況。」我寬慰了他兩句，順手從他袖中挑了幾個鮮桃路上解渴。

今日確是大吉，舉目遙望，東海碧浪滔滔，半空處祥雲朵朵，看來各路的神仙都已到齊。

我從袖子裡取出一條四指寬的白綾，實打實將眼睛蒙好，準備下水。東海什麼都好，就是水晶宮過於敞亮。而我這眼睛，自三百年前，便不能見太亮堂的東西。

阿娘說，這是娘胎裡帶出來的病。

說是阿娘懷我的時候，正逢天君降大洪水懲戒四海八荒九州萬民。那時阿娘因害喜，專愛吃合虛山上的一味合虛果，幾乎將它當作主食。大洪水一發，東海大荒的合虛山也被連累得寸草不生。阿娘斷了合虛果，其他東西吃著食不甘味，身體明顯弱了許多。生下我來，也是皺巴巴一頭小狐狸，順便帶了這莫名其妙的眼疾。

胎生的這眼疾在我身體中藏了十幾萬年，原本與我相安無事，三百年前卻循著一個傷寒的契機發出來，甚是頑強，任什麼仙丹靈藥都奈何它不得。幸而阿娘聰明，讓阿爹借黃泉下的玄光為我造了條遮光的白綾，去特別晃眼的地方就將它戴上，這麼著，倒也無什麼大礙。

伸手就近在淺灘裡探一探，東海水拔涼拔涼，冷得我一個哆嗦，趕緊用上仙氣護體。手中的仙訣方才捏了一半，突然聞得身後有人「姐姐，姐姐」地喚我。

阿爹阿娘統共只生了我們兄妹五個，下面再沒什麼別的小狐狸。一邊琢磨著喚我的是誰，一邊轉過身來，面前已站了一長排妙齡少女，個個錦衣華服，大約是來赴宴的哪路神仙所攜的家眷。

打頭的紫衣小姑娘神情間頗有氣惱：「我家公主喚妳，妳怎的不應？」

我發了一會兒愣，見她七個裡頭數最中間那位白衣少女頭上的金釵分量最足、腳下繡花鞋上的珍珠個頭最大……側身向她頷了頷首：「姑娘喚我何事？」

白衣少女白玉似的臉頰一紅：「緣袖見姐姐周身仙氣繚繞，以為姐姐也是來東海赴宴的仙人，正想煩姐姐為綠袖引引路，不承想姐姐的眼睛……」

黃泉玄光造出的白綾自然與普通的白綾別有不同，覆在眼上其實絲毫不妨礙視物，況且有迷穀指引，引路實在小事一樁。我朝她點了點頭：「妳瞧得不錯，我確是來赴宴的，眼睛不妨事，跟在我身後吧。」

方才說話的紫衣小姑娘抖起精神：「好哇，我家公主同妳說話，妳竟然這個態度，是不曉得……」被她家公主扯了扯袖子。

近年的小神仙倒是有趣，個個這麼活潑，比我年輕時強上許多。

水下行路十分無聊，綠袖公主的侍女們耐不住寂寞，一路喁喁敘話，令我這個同路的也沾光撿個便宜，一路有閒書可聽。

一說：「大公主以為故意將我們甩掉，讓我們赴不了宴，她便能在宴會上獨占鰲頭了，卻不曉得我們自己也能順著找來，到時候定要在水君跟前告她一狀，讓水君罰她在南海思過個幾百年，看她還敢不敢再這樣欺負人。」

原來是南海水君的家眷。

一說：「大公主美則美矣，與公主比起來卻還有雲泥之別，公主且放寬心，只要公主去了，這滿月宴大公主定是占不了先的。」

原來是兩姐妹爭風吃醋。

一說：「天后雖已立下了，但夜華君定然看不上青丘那老太婆，十四萬歲，比咱們家水君還大上好幾輪，奴婢真替夜華君可惜。公主的美貌天上地下都難得一見，此等美貌方當得上夜華君的良配，今番東海宴上若是能與君上他情投意合，可算盤古開天來第一樁美事了。」

我愣了半天，才反應過來「青丘那老太婆」說的是我，頓有白雲蒼狗、白駒過隙之感，真真哭笑不得。

見侍女們越說越沒個譜，綠袖公主微嗔道：「休得胡言。」幾個膽小的趕緊閉了嘴，稍膽大的吐了吐舌頭，最膽大的紫衣小姑娘誓死力諫：「傳言此次夜華君是領著小天孫遊東荒，小天孫一向最得君上寵愛，聽說大公主那處已備了份極別致的厚禮打算相遇小天孫時相送，大公主如此耗費心機祭出這樣多手段，公主豈可甘居人下？」

這個紫衣裳倒是個有見識的，聽得出來也讀過幾天書。

綠袖公主臉紅了紅：「那個禮，我倒也備了，但說不準小天孫喜不喜歡……」

她們主僕自去議論。我走在前頭，有些感慨，想不到天君得意的這個敦敏的孫子夜華君，於情場亦是位高手，未見其人已聞得他兩段桃花緣，真乃文武雙全，這一輩的神仙不可小覷。

行了多半個時辰才到得東海之下三千尺的水晶宮。

我卻十分疑心方才在岔路口選錯了路，因面前這高高大大的樓宇殿堂，和記憶中竟是分外不同，實在沒半點能跟明晃晃的水晶沾上關係。

綠袖公主也是目瞪口呆，指著墨綠的宮牆問我：「那上面鋪的，怕都是青荇草吧？」

我一個陸生陸長的走獸，對水裡的東西委實知之甚少，含糊答她：「大約是吧。」

事實證明迷穀老兒的迷穀樹質量甚有保障，這黑乎乎的東西，它確實是東海水君的水晶宮。

守在宮門旁引路的兩個宮娥瞧著綠袖公主呆了一呆，趕緊接了她的帖子，一路分花拂柳，將我們一水兒八個同領了進去。

一路前行，本該亮堂堂的水晶宮，卻比阿爹阿娘的狐狸洞還要陰沉。幸而沿路置了些光芒柔和的夜明珠，才勉強沒有讓我栽跟頭。料不到這一輩的東海水君，品味竟奇特成了這樣。

不過沿途置的夜明珠擺成的小景擺得倒還有些趣味，看得出來花了心思，改日可同他切磋切磋。

離開宴分明還有些時辰，大殿裡各路神仙卻已三三兩兩聚成一團，兩個湊作一堆。想當年阿爹做壽開的那場壽宴，眾賓客雖無缺席，卻沒一個不是抵著時辰來。現今不過東海水君給男娃做個滿月的堂會，不論大神小神竟都如此踴躍，想來世道確實變了，如今的神仙們，大抵都閒得厲害。

兩個宮娥將緣袖公主引到東海水君跟前。這一輩的東海水君，眉目間頗有幾分他祖上的風采。

我落在後頭，混跡在打堆的神仙裡，轉身想尋個小僕領我去廂房歇上一歇。趕了半天路，著實有些累，卻不想整個大殿的活物都在看著緣袖公主發呆。

客氣地平心而言，緣袖的姿容，放在遠古神祇中間，也就是個正常，遠遠抵不上我的幾位嫂嫂。看來，如今這一輩的神仙裡頭確實無美人了。

看他們如癡如醉的模樣，許是見個美人不易，我不好意思打斷，前後轉悠了一會兒，自尋了個空子溜出去，心中盤算著先隨便找地方打個盹，待開宴後送了禮吃了飯，早些回去。迷轂送別我時臉上鬱鬱的神氣，雖怕他嘮叨當時忍住了沒問他，閒時再回頭想想，我還是有些好奇，須回去問問他。

拐過九曲十八彎，偌大一個東海水晶宮愣是沒尋著個合適的地方夠我躺一躺，正準備返回大殿，卻突然搞不清回去的方向。一摸袖袋，才發現迷轂枝丫不在了。這下可好，憑我認路的本事，不要說開宴，宴席結束前能趕回去就要阿彌陀佛謝天謝地。

世間本沒有路，隨便亂走一走，總能走出路。四哥這句教導我深以為然，此時丟了迷轂枝，與其坐以待斃，不如憑運氣先胡亂走一走。

誰料到這一走，竟闖進了東海水君家的後花園。

不得不說，這座後花園的品味與整座宮殿的風格搭配實在合襯，綠油油一片真燦爛，很有一種迷宮的風情。我自提腿邁進來已有個把時辰，愣是沒尋到半個出口。看來此處實在妙，既可觀景又可關人，倘東海水君往後有什麼仇人前來尋隙，將這些仇人往他這後花園一關，我擔保東海可享百世長安矣。

眼看已過了好些時辰，仍是在同一個地方打轉。

琢磨半天，還是聽天由命吧。

就近往個岔路口一站，彎腰從地上撿起根枯樹枝，放在手中掂掂，閉眼一扔。樹枝落下來，雙叉的一面定定指向左邊那條道。我拍了拍手將指縫沾的碎葉拍掉，轉身向右邊那條小道拐去。

老天爺一向最愛耍人，遇到此種需聽天由命的境況，和老天爺作對才是真英明。

我在心中將自己一番佩服。此前一個多時辰，在這園子裡晃蕩過來又晃蕩過去，不消說人，連隻水蚊子都沒碰到。此番樹枝這麼一丟，往相反的岔道這麼一拐，不過走了百來十步，就遇到一只活生生的糯米糰子。

糯米糰子白白嫩嫩，頭上總了兩個角，穿一身墨綠的錦袍，趴在一叢兩人高的綠珊瑚上，稍不注意，就會教人把他和趴著的珊瑚融為一體。

看上去，像是哪位神仙的兒子。

我看他低頭拔珊瑚上的青荇草拔得有趣，靠過去搭話：「小糯米糰子，你這是在做什麼？」

他頭也不抬：「拔草啊，父君說這些雜草下面藏著的珊瑚是東海海底頂漂亮的東西，我沒見過，就想拔來看看。」

父君，原來是天族的哪位小世子。

我見他拔得辛苦，一時慈悲心起，忍不住施以援手，從袖子裡掏出來一柄扇子遞到他面前，切切關照：「用這扇子，輕輕一搧，青荇去無蹤，珊瑚更出眾。」

他左手仍拽了把草，右手從善如流地自我手中接過扇子，極其隨意地一搧。頓時一陣狂風平地而起，連帶整座水晶宮震了三震。烏壓壓的海水於十丈高處翻湧咆哮，生機勃勃得如神劍離鞘、野馬脫韁。不過半盞茶工夫，東海水君原本暗沉沉的水晶宮已是舊貌換新顏，怎明亮二字了得。

我有些吃驚。

破雲扇能發揮多大威力，向來是看使扇的人有多高的仙力。倒沒想到糯米糰子年紀小小，竟如此厲害，不過輕輕一搧，就顛覆了整個東海水晶宮的品味風格。

我很想拍手讚一聲好，費勁忍住了。

小糯米糰子趺坐在地上，目瞪口呆，眼巴巴望著我，嚷嚷：「我是不是闖禍了？」

我安慰他：「放心，闖禍的不止你一個人，那扇子是我給你的……」

沒等我說完，小糯米糰子的眼睛一下子睜得老大，我琢磨大概是我這張四分之三縛白綾的臉，於他一個小孩子家多少有些嚇人。正打算抬手遮一遮，卻見小糯米糰子噌噌噌風一般撲過來抱住我的腿，大喊一聲：「娘親……」

我傻了。

他只管抱了我的腿撕心裂肺地號，信誓旦旦地邊號邊指控：「娘親娘親，妳為什麼要拋下阿離和父君……」順便把眼淚鼻涕胡亂一通全抹在我的裙角上。

我被號得發怵，正打算幫他好好回憶回憶，滄海桑田十幾萬年裡，我是不是真幹過這拋夫棄子的勾當，背後卻響起個極低沉的聲音：「素……素？」

小糯米糰子猛抬頭，軟著嗓子叫了聲父君，卻仍是使勁兒抱住我的腿。

我被他帶累得轉不了身，又因為長了他不知多少輩，不好意思彎腰去掰他的手指，無奈乾站著。

那身為父君的已經急走幾步繞到了我跟前。

因實在離得近，我又垂著頭，入眼處便只得一雙黑底的雲靴並一角暗繡雲紋的玄色袍裾。

他嘆息一聲：「素素。」

我才恍然這聲素素喚的，堪堪正是不才在下本上神。

四哥常說我健忘，我卻也還記得這十幾萬年來，有人叫過我小五，有人叫過我阿音，有人叫過我十七，當然大多數人稱的是姑姑，卻從未有人，叫過我素素。

碰巧小糯米糰子撒手揉自個兒眼睛，我趕緊後退一步，含笑抬頭：「仙友眼神不好，怕是認錯人了。」

這話說完，他沒什麼反應，我卻大吃一驚。離離原上草，春眠不覺曉，小糯米糰子他阿爹的這張臉，倒是……倒是像極了我的授業恩師，墨淵。

我恍了恍神，不，這個人長得極像墨淵，但畢竟不是墨淵。他比墨淵，看上去要年輕些。

七萬年前鬼族之亂，天河洶湧，赤焰焚空，墨淵將鬼君擎蒼鎖在若水之濱東皇鐘裡，自己修為散盡，魂飛魄散。我拚死保下他的身軀，帶回青丘，放在炎華洞內，每月一碗生血養著。至今，他應仍是躺在炎華洞中。

墨淵是父神的嫡長子，世間掌樂司戰的上神，其實，我從不相信有一天他竟會死去，便是如今，偶有午夜夢迴，仍覺不信。每月一碗心頭血將他養著，也是總覺得他有一天會再醒來，再似笑非笑地喚我一聲小十七。一天一天，竟就這麼等了七萬年，實在是段綿長歲月。

神思正縹緲著回想這段傷慼的往事，卻沒注意面前糯米糰子爹忽然抬手。廣袖掠過眼前時我反射性地緊閉雙目，他已不客氣挑下我縛眼的白綾，冰涼手指撫過我額間，一頓。

糯米糰子在一旁抖著嗓子喊啊啊啊登徒子登徒子。

登徒子，是個好詞。

許多年來，我為人一直和氣又和順，連那年紅狐狸鳳九煮佛跳牆把我洞前的靈芝草拔得個精光，我也未與她計較。這會兒，額頭的青筋卻跳得頗歡快。

「放肆」二字脫口而出。多年不曾使出這兩個字，久闊重溫，已微有生疏。到底多少年，沒人敢在我腦袋上動土了？

糯米糰子約莫被我震住，牽著我的裙角怯怯道：「娘親，娘親是生氣了嗎？」

他爹良久不見動靜。

拿捏氣派，最要緊是六個字——敵不動，我不動。不過，要將氣派拿得夠足捏得夠沉，則重在後頭的十個字——敵若先動，我自巋然不動。

雖則幾萬年未出青丘，端起架子來，所幸我並未手生。

糯米糰子抬眼看看他爹，又看看我，默不作聲朝我貼了貼，似張鍋貼整個貼在我腿上。

糯米糰子爹沉默良久，抬手將白綾重新為我縛上，退回去兩步方淡淡道：「是了，是我認錯人，她不比妳氣勢迫人，也不比妳容色傾城。方才，冒犯了。」

隔了這半近不近的距離，我才看清，糰子爹玄色錦袍的襟口衣袖處，繡的均是同色的龍紋。

神仙們的禮制我約略還記得些許，印象中九重天最是禮制森嚴，除了天君一家子，上窮碧落下黃泉，沒哪個神仙逍遙得不耐煩了敢在衣袍上繡龍紋。這麼說來，此君來頭倒頗大。再看看他手上牽的糯米糰子，我一瞬通悟，這玄色錦袍的青年，說不得正是天君那得意的孫子夜華君。

我的氣，頓時就消了一半。

夜華君，我當然曉得，他是我阿爹的乘龍快婿，年紀輕輕，就許給我做了夫君。

撇了天族同青丘的恩怨，單就夜華與我二人獨看，這樣瓊枝玉樹般僅五萬歲的青年，因緣際會卻要同一個十四萬歲高齡的老太婆成親，少不得是件令人扼腕之事。我們青丘其實很對不住人家。

因這層關係，我一直對他深感歉意。以至目前這當口，雖是我被冒犯了，但想到他是夜華君，竟硬生生出一種其實是我冒犯了他的錯覺。另一半的氣也瞬間吞進肚子，只擔心姿態還不夠和藹，臉上的笑還不夠親切，回他方才的那句解釋：「說什麼冒犯不冒犯，仙友倒是客套得緊。」

他看我一眼，目光冷淡深沉。

我往旁邊一讓，讓出路來。小糯米糰子猶自抽著鼻子叫我娘親。

既然遲早我都得真去做他後娘，此時反駁倒顯矯情，我微微一笑生生受了，小糯米糰子眼睛一亮抬腳就要撲過來，被他爹牽住。

夜華君抬頭神色複雜地看我一眼，我報他一笑。

糯米糰子猶自掙扎，他乾脆將糰子抱起來，很快便消失在盡頭拐角處。

目送他二人消失得連片衣角都看不見時，腦中靈光一閃，陡然想起一樁大事：我此時，其實正迷著路，把他們兩父子放走了，誰來帶我走出這園子？

趕緊追過去，卻是連人影都瞧不見了。

第三章　東窗事發

繞過夜華父子倆消失的拐角，我左顧右盼，發現偏北方向，一女子淡妝素裹，正朝我疾步行來。

我瞇著眼睛看了半天，欣慰地發現，今天這一天，將注定是精采而夢幻的一天。

那女子雖步履匆匆，還挺了個大肚子，姿態卻甚是翩躚。我將破雲扇拿出來掂了掂，尋思著若是從左到右這麼一揮，有沒有可能直接將她從東海送到北海去。可一看她挺著的大肚子，終歸心軟將扇子收了回來。

到得我面前，她撲通一聲，極乾脆跪了下去。

我側開身來，並不打算受她這一拜，她迷茫看了看我，竟膝行著跟了過來。

我只好頓住。

她抬眼望著我，淚盈於睫，模樣沒什麼變化，臉蛋卻是比五萬年前圓潤很多。

我琢磨著現今這世道神仙們是以瘦骨嶙峋為美，還是以肥碩豐腴為美，想起眾神公認的美人緣袖，她的身段算得輕盈，估摸此間應還是以瘦為美。

我這個人偶爾有個不像樣的毛病，遇到不大喜歡的人，她不喜歡聽什麼我就控制不住偏要說什麼。此時只得掐著自己，暗中提醒待會兒千萬別提體態千萬別提體態。幾萬年未見，我雖對她略有薄怨，但到底是長輩，她既然禮數周全，我也不能失了風度，說出什麼不體面的話來。

她仍是一閃一閃亮晶晶，滿眼都是水星星地望著我，直望得我脊背發涼，方才抬手拭淚哽咽：「姑姑。」

我終於還是一個沒忍住，脫口而出：「少辛，妳怎麼胖成這樣了？」

……

她呆了一呆，頰上騰地升起兩朵紅暈來，右手撫著隆起的肚腹，很有點手足無措的意思，囁嚅道：「少辛，少辛……」

囁嚅了一半，大抵反應過來我方才那話不過是個招呼，並非真正要問她為什麼長胖，又趕忙深深伏地對我行了個大揖，道：「方才，方才自這花園裡狂風拔地，海水逆流，少辛，少辛想許是破雲扇，許是姑姑，便急忙跑過來看，果然，果然……」說著又要落淚。

我不知她落淚是為了什麼，倒是並不討厭。

破雲扇曾是我贈她的耍玩意兒，那時她大傷初癒，極沒有安全感，我便把這扇子給了她，哄她：「若是再有人敢欺負妳，就拿這扇子搧他，管教一扇子就將他搧出青丘。」雖從未真正使過，她卻當這扇子是寶貝，時時不離身旁，可離開狐狸洞的時候，不曉得為何並未帶走。

老實說，巴蛇這一族凡修成女子的，無不大膽妖麗。少辛卻是個異數，許是小時候被欺負得狠了，即便在青丘養好了傷，也仍是個驚弓之鳥。那時候，放眼整個青丘，除了我和四哥，沒有誰能靠近她兩丈之內，就連萬人迷的迷轂主動向她示好，她也是逃之夭夭。

終有一天，這小巴蛇情竇初開，繡了個香囊給我四哥，有點傳情的意思在裡頭。可白真那木頭卻拿了香囊轉送給了折顏，回來後還特地找來少辛，道折顏很喜歡香囊的花樣，可顏色卻不大對他意思，能不能再幫著繡個藕荷色的。少辛那雙眼圈，當場就紅了。難為她後頭還真幫折顏繡了個藕荷色的。但自此後，卻更是活得近乎懦弱的小心翼翼。

再之後，便是她和桑籍私奔，桑籍退我的婚。

其實我到現在都還不是十分明瞭，當年那杯弓蛇影到了一定境界的小巴蛇，怎麼就會對桑籍毫無警戒，最後還同意與其私奔的。

四哥說，這還用得著想嗎？多半是桑籍看少辛年輕貌美，一時色迷心竅，便拿棍子將少辛敲昏，麻袋一套扛肩上，將人拐走的。

當是時四哥正跟著折顏編一套書，書名叫《遠古神祇情史考據之創世篇》。他正著手寫的那一篇，主題思想剛好是愛情從綁架開始。

我想了想，這畢竟是具有專業背景知識的推論，不信也得信，就信了。

此情此景，我本可拂袖而去，可一看少辛那可憐巴巴的模樣，又實在硬不下心腸。旁邊正好一個石凳，我嘆了口氣，矮身坐下去：「許多年未出青丘，沒承想一出來便能遇到故人。無事不登三寶殿，少辛，妳當知我極不願見妳，卻特地跪到我面前，必是有求於我。妳我主僕一場，妳出嫁我也未備什麼嫁妝，此番剛好補上。我便許妳一個願望，說吧，妳想要什麼？」

她卻只是呆呆望著我：「少辛料到姑姑會生氣，可，可姑姑為什麼不願見少辛？」

我大是驚訝，訝完了後略想想，就我這處境，不能保持歡快的心態來見她，著實情有可原。然而，如何含蓄又優雅地表達出我不願見她其實是在遷怒，這是個問題。

還未等我作答，她又膝行兩步，急急道：「姑姑從未見過桑籍，姑姑也說了不會喜歡桑籍，姑姑和桑籍成婚不會快樂。桑籍喜歡少辛，少辛也喜歡桑籍，姑姑失去桑籍，還可以得到更好的，夜華君不是比桑籍好百倍千倍嗎？夜華君還會是未來的天君。可少辛，少辛失去桑籍，便，便什麼都沒有了。少辛以為，少辛以為姑姑是深明大義的神仙，姑姑會氣少辛不打一聲招呼就擅自離開青丘，卻絕不會氣，不會氣少辛和桑籍成婚的。姑姑，姑姑不是一直希望少辛能堂堂正正地活在這世上嗎？」

幾萬年不見，當初訥於口舌的小巴蛇，如今已變得這樣伶牙俐齒了，造化之力神奇，時間卻比造化更神奇，真是椿可嘆之事。

我將破雲扇翻過來摩了摩扇面，問她：「少辛，妳可恨當年蘆葦蕩裡欺侮妳的同族們？」

她半是疑惑半是茫然，點了點頭。

「妳也知道，其實他們之中有些人，並不是真心想欺侮妳，只是若他們伸手來保護妳，便必然也會被欺侮，所以他們只得跟著最強的，來欺侮妳這個最弱的？」

她再點頭。

我支了頷看她：「妳能原諒這些被迫來欺侮妳的人？」

她咬了咬牙，搖頭。

繞了這麼大個圈子，總算能表達出中心思想，我很快慰，連帶著語氣也和藹溫柔不少：「既是如此，少辛，推己及人，我不願見妳，著實是椿合情合理的事。我一個神女，卻修了十多萬年才修到上神這個階品，也看得出情操和悟性低得有多不靠譜了，實在算不得什麼深明人義的神仙，妳過譽了。」

她驀地睜大眼睛。

這麼個美人兒，還是個身懷六甲的美人兒，非得被我搞得這麼一驚一乍，本上神是在造孽。

然待我低頭看自己的腿時，亦不由得睜大眼睛。

本應離開花園卻不知從哪裡突然冒出來的小糯米糰子正輕手輕腳扯我裙襬，嫩白小臉上一副極不認同的模樣：「娘親幹嘛要說自己不是深明大義的神仙，娘親是天上地下最最深明大義的神仙。」

我沉默了半晌，萬分不可思議地問他：「你是土行孫嗎？」

他抬頭朝我身後的珊瑚樹努嘴。

糯米糰子爹，九重天上的太子夜華君從珊瑚樹的陰影裡走出來，神情卻與方才迥然，唇畔攏了絲笑意，緩緩道：「夜華不識，姑娘竟是青丘的白淺上神。」

我打了個哆嗦，他一個五萬歲的毛頭小子稱我姑娘，生生稱得我一身雞皮疙瘩。

我斟酌回他：「不敢當不敢當，老身不偏不倚，長了夜華君九萬歲，夜華君還是依照輩分，喚老身一聲姑姑吧。」

他似笑非笑：「阿離喚妳娘親，我卻要喚妳姑姑，唔，淺淺，這是什麼道理？」

聽著淺淺二字，我又打了個哆嗦。這個話，說得未免親厚了些。

少辛看著我們默不作聲。

場景無端生出一絲尷尬，久不入塵事，即便尷尬，其實多少是個新鮮，但眾目睽睽下，須得將他這話辯回去。

我咳一聲回他：「你同我說道理，那你們躲在珊瑚樹後聽了這許久的牆根，又是什麼道理？」

大的那個一派自在毫無反應，小的這個卻急忙從我膝蓋上滑下來，著急地指著珊瑚樹後掩映的小路辯解：「我和父君可沒故意要偷聽，父君說娘親妳在追我們，於是才從那邊路上折回來。走近了看到這位夫人和娘親在說話，我們就只好迴避。」

他小心翼翼地看我：「娘親妳來追我們，是因為捨不得阿離，要跟阿離和父君一起回天宮的吧？」

我覺得他這推論太過離譜，正要搖頭，那身為父君的卻斬釘截鐵地點頭：「對，娘親她的確是捨不得阿離。」

小糯米糰子歡呼一聲，樂呵呵瞧著我，眼睛忽閃忽閃：「娘親，那我們什麼時候回天宮？」

夜華代答：「明天就回去。」

小糯米糰子再歡呼一聲，繼續樂呵呵瞧著我，眼睛忽閃得更厲害：「娘親，就要回家了，妳這麼久沒有回家，感覺會不會很興奮？」

這次夜華倒沒有接話。

我聽見自己呵呵乾笑了兩聲，道：「很興奮。」

我始終沒有機會同他們解釋，方才我趕著追過來，只不過想讓他們順便將我帶出這鬼園子。不過眼下這境況，雖然亂七八糟吧，倒也算殊途同歸。

自夜華出現後，少辛便一直安靜地跪伏在地上。偶爾望向夜華的目光中，卻有幾分憤憤不平。

當年桑籍若不退婚，照天君對桑籍的寵愛，如今的天君太子，如何也輪不上夜華。可天地萬事講個因果，因果因果，桑籍種了彼種因，理所當然需承此種果。我不過火上澆幾滴菜花兒油，在他需承的因果之上，平添幾分不痛不癢的怒氣罷了，已算修養良好了。

因半途冒出來這父子二人平將我同少辛的敘舊打斷，倒是斷得甚合我意，心情頗佳，臨走前便將破雲扇重放回少辛手中，向她道：「我只給妳一個願望，回去好好想想到底向我討什麼，想好了便來青丘找我吧，有了這扇子，此次，迷榖他們再不會攔妳了。」

夜華垂眼瞧了瞧少辛，目光向我道：「我以為……」卻頓住了下文，轉而道，「妳倒是很好心。」

這麼一樁小事，誠然說不上好心歹心，終歸同她主僕一場，閒著也是閒著，有些忙於她而言是天大之恩，於我不過舉手之勞，此種話卻沒道理同他細說，隨口道：「有見識，我一向的確就是這麼好心。」

小糯米糰子戀戀不捨地看著少辛手中的扇子，眼巴巴道：「我也想要。」

我揉了揉他腦袋：「還是個小孩子，要什麼殺傷性武器。」隨手從袖袋裡掏出塊糖來，堵了他的嘴。

夜華著實方向感良好，令人驚喜。

到得花園口子上，我暗自思忖，和夜華一同出現在東海的宴會上，究竟算不得多麼明智，抬了袖子要作別。小糯米糰子立刻做出一副哀莫大於心死的模樣。我頗為難，只得違心安撫：「現下著實有些瑣事需了，實不得已，明日一定來與你們會合。」

小糯米糰子沉默半晌，卻頗懂道理，雖仍是不悅，只扁了扁嘴，便來與我拉鉤讓我作保。

夜華在一旁似笑非笑：「淺淺莫不是害怕與我父子二人一同入宴，會惹出什麼閒言碎語？」

淺淺兩個字聽得我本能地哆嗦，回頭客氣向他道：「夜華君倒是愛開玩笑。」

他不置可否，笑得益發深，這形貌倒有幾分當年墨淵的風姿。

我被那笑紋照得恍了好一會兒神，反應回來時他正拉了我的手，輕輕道：「原來淺淺也知道，妳我早有婚約，倒的確是不用避什麼嫌的。」

他一雙手長得修長漂亮，似不經意籠了我的左手，神情悠閒，眼中仍含著笑。如今他這形容神態，與那來挑我白綾的冷漠神君，簡直不似同一個人。

我心中五味雜陳，料想如今這世道，有婚約的男女青年大抵都如此相互調笑。這個世道，比我小時候的世道要奔放太多了，不常出來，著實容易同年代脫節。可本上神的情況有幾分特殊。他這些風流態，本上神想要做自然也是做得出，但一想到我在這花花世上已活了九萬年，夜華他才剛打娘胎裡落出來，便硬生生覺得與他做此種親密狀，本上神未免太過猥瑣。這，不是犯罪嗎？可貿然抽出手，又顯得本上神風範不夠大度。

思考再三，我抬高右手去觸他的髮，情深意重地感嘆：「當年我與你二叔訂婚時，你還尚未出世，轉眼間，也長得這般大了，真是白駒過隙、滄海桑田，歲月這東西，著實不饒人啊。」

他愣了愣，我順勢將兩隻手都收回來，與他再點了一回頭，就此抽身離開。

豈料生活處處有驚喜，我這廂不過走了三步路，方才大殿裡驚鴻一瞥的東海水君，便堪堪從天而降，似一棵紫紅紫紅的木樁子，直愣愣插到我跟前來，三呼留步。

他這三聲留步實在喊得毫無道理，唯一的那條路如今正被他堵了個嚴實，莫說本上神現下是化了人形，就算化個水蚊子，也很難擠得過去。

我後退兩步，由衷讚嘆：「水君好身法，再多兩步，老身就被你砸死了。」

他一張國字臉漲得珊瑚也似，拜了一拜夜華，又恭順地問候了兩句小糯米糰子，才側過身來看我，面露風霜，一雙虎目幾欲含淚：「不知本君何處得罪了這位仙僚，竟要仙僚在本君大喜之日，拿本君的園子撒氣。」

我頓時汗顏，原是東窗事發。

夜華在一旁涼涼瞅著，時不時伸手順順小糯米糰子油光水滑的頭髮。

其實，充其量我只能算個幫兇，可小糯米糰子叫我一聲後娘，我總不能將他供出來一同連坐。這啞巴虧，只能自己吃了。然我實在好奇，他到底是怎麼發現這園子的設計風格是被我顛覆了的，忍了半天沒忍住，到底問了出來。

東海水君氣得吹鬍子瞪眼，指著我渾身亂顫了好一會兒，方平靜下來：「妳妳，妳還要抵賴，我園中的珊瑚精親眼所見，方才那大風是一綠衣小仙所為，這豈是妳想賴就賴得了的。」

我低頭打量了一回自己身上青色的長衣，再抬頭打量一回夜華手下那只墨綠色的糯米糰子，頓時恍然。東海水君對那珊瑚精口中的「小仙」二字，怕是在理解上，生了點歧義。這廂指的是形貌，那廂卻理解成了階品。小糯米糰子是夜華長子，天君重孫，品階自是不低。而我此番著的這身行頭，卻委實看不出是個上神，東海水君指鹿為馬也是情有可原。

這事原是我的錯。東海水君難得生個兒子，開堂滿月宴，我雖是他紅紙黑字遞了名帖真心實意請來的客人，可也實實在在觸了人家霉頭。他認定了我要抵賴，我雖從未想過抵賴，然不知者不罪，我自是不與他一般見識。

東海水君已是毫無耐性，目眥欲裂：「仙僚毀了本君的園子卻無半點愧疚之色，未免欺人太甚，本君……」

我打斷他的話：「水君教訓得是。」仔細回憶了番紅狐狸鳳九每次開罪我之後是怎麼做小伏低的，依樣畫葫蘆，垂首斂目道，「小仙方才是驚嚇得狠了，未免失態，還請水君海涵。小仙長年守在十里桃林，此番頭回出來，便闖下這樣的禍事，雖是無意為之，卻敗了水君興致，也失了折顏上神的臉面，小仙羞愧不已，還請水君重重地責罰，罰得水君氣消了才好。」

夜華輕飄飄瞟了我一眼，一雙眸子瀲灩晴光。

來人家家中做客卻拆了人家後花園，這個事其實很丟臉，幸虧東海水君錯認我在先，不如將錯就錯讓它錯個徹底。不過，既然注定是要丟臉，丟折顏的臉固然是比丟阿爹阿娘的臉要好得多。當年我與四哥年幼不曉事，雙雙在外胡混時，皆打的折顏的名號。惹出再混帳的事，折顏也不過微微一笑，倘若落在阿爹身上，卻定要扒掉我們的狐狸皮。

東海水君呆呆望著我：「十里桃林的那位上神不是，不是……」

他屏氣凝神，神情肅穆，竟還避了折顏的諱。這闊額方臉的水君，原是個遵制又奉禮的老實人。

我一樂，從袖袋裡取出那顆南瓜大小的夜明珠，並事先灌好的一壺陳釀交到他手中，語重心長嘆道：「水君可是不信？這也怪不得水君。我家君上的確幾萬年都不曾與各位仙家有過應酬了。此番乃是因青丘之國的白淺上神，咳咳，上神她到桃林做客，不幸抱恙，但此前已接了水君的帖子，不願失信於水君，是以派了小仙前來東海道賀。」一指夜明珠，「此為拾月珠，乃是白淺上神的賀禮。」再一指他手中的陳釀，「此為我家君上親手護養的桃花釀。」黯然垂頭，「君上囑小仙以此二禮聊表恭賀之意，務必令水君多掙一分喜色，卻不料此番小仙竟闖下如此大禍，實是，實是……」

我正欲潸然淚下，眼淚還沒擠到眼眶子，那廂東海水君已是手忙腳亂地勸慰開來：「仙使哪裡話，仙使遠道而來，未曾相迎卻是小神的過失，左右不過一個園子，如此倒還亮堂些。」手一拱向桃林的方向拜了拜：「二位上神掛念小神，以此重禮相賀，小神感念不盡。」手一揮，「仙使一路想必也很勞累，便隨小神去前殿，吃一杯解乏酒吧。」

我自是百般推託，他自是千般盛情。夜華過來，極其自然地握了我的手道：「不過吃一杯酒，仙使實在客套得緊。」

我出了一腦門汗，指著被夜華緊握的右手對東海水君道：「其實，小仙乃是男扮女裝。」

東海水君目瞪口呆，好半天，方訥訥道：「實是斷袖情深。」

原以為說是男子與男子便可避嫌，卻不想如今的神仙們皆見多識廣，本上神此番，真是跳進黃河也洗不清。嗚呼哀哉。

第四章　心有靈犀

東海水君在前頭引路，小糯米糰子一個人顫巍巍走中間，夜華拽著我的手殿在最後。

我不過小小撒一個謊，這謊多半還是為了維護他生的那只糯米糰子，他大可睜一隻眼閉一隻眼，卻偏偏要來與我作對，委實氣人。

我也懶得再顧及上神的風範，乾脆用了法術要掙開他來。他輕輕一笑，亦用了法術來擋。

我與他一路鬥法，他有恃無恐，我卻得時時注意前頭東海水君的動靜，一心兩用，鬥到最後，竟是慘敗。

不久前四哥與我說，如今這世道，真真比不上當年遠古洪荒的神祇時代，一眾神仙們只知成日裡逍遙自在，仙術不昌，道風衰敗，著實令人痛心。我竟信了他的鬼話，夜華君的法道精進至此，真是他爺爺的仙術不昌，他奶奶的道風衰敗。

東海水君轉過頭來，陪起一張笑臉，雙眼卻仍直勾勾地望著我與夜華相握的那雙手：「君上、仙使，前方便是大殿了。」

小糯米糰子歡呼一聲，乖巧地過來牽住我那隻空著的手，做出一副天君重孫的莊重凜然之態。

若現下處在我這位置的，是夜華儲在天宮裡的那位側妃，列出這等排場來，倒也合情合理。可這個位置上如今卻是本上神，真是想破頭也想不明白，本上神就算是同夜華有個八竿子打得著的關係，但畢竟這個關係還未坐實，此時被他這麼牽著，也不曉得他要做什麼。

那金雕玉砌的殿門已近在眼前，本上神的頭，此刻有些隱隱作痛。

大殿裡的神仙皆是眼巴巴等著開宴，夜華甫一露面，便齊齊跪作兩列，中間騰出一條道來，直通主位。待我們三個全坐下，方唱頌一聲，一一入席。這就開宴了。

坐得最近的神仙過來敬酒，敬了夜華再來敬我，口中恭順道：「今日竟有幸在此拜會到素錦娘娘，實乃小神之幸，小神之幸……」

夜華在一旁端了酒盞，只做出一副看戲的模樣。我要唱的這個角兒，卻真正尷尬。

東海水君煞白了一張臉，拚命對著那猶自榮幸的神仙使眼色。

我實在看不下去，對著他嘿然一笑道：「小仙其實是夜華君失散多年的親妹妹，如今在折顏上神處當差。」

夜華飲酒的動作一頓，杯中酒灑了不止一兩滴。

東海水君茫然地望著我。

那來敬酒的神仙，卻彷彿吞了隻死蒼蠅，端著斟滿的酒杯進也不是，退也不是，好半天才訥訥：「小神眼拙，自罰一杯，自罰一杯。」

我和藹一笑，並不當真，陪著他亦飲了一杯。

底下觥籌交錯，狐狸耳朵尖，推杯還盞之間，隱隱聽得幾聲議論，一說：「今日未見姑姑，實在遺憾，不過見著折顏上神的這位仙使，倒也聊可遣懷。你們看，姑姑今日不來，是否因知曉夜華君和北海水君皆來赴宴，是以……」

一說：「仙友此言不虛，依本君看，姑姑此番失約，折顏上神卻派仙使赴宴，此中大有文章。各位須知，因折顏上神的怪脾氣，此番東海水君，是並未向他遞帖子的。」

一說：「有理有理，怪道是，折顏上神的這位仙使，竟還是夜華君的妹妹。」

又一說：「小老兒倒是懷疑，這位仙使真是夜華君的妹妹？小老兒在天宮奉職這許多年，竟從未聽說夜華君有個妹妹。」

再一說：「仙友方才是沒瞧見，夜華君牽了那仙使的手嗎？如此看來，兄妹一事，倒也有幾分可信。」

我想，若此刻東海水君宣布宴罷，這些神仙們都要樂得手舞足蹈，再找個僻靜之處酣暢淋漓大論一番。而今卻要苦苦在這檯面上熬著，只偶爾交頭接耳一兩句，忍得真是辛酸。

聽了半晌，沒聽出更有趣味的東西，提起酒盞自飲了一杯。夜華皺眉撤了我的酒壺：「妳倒是酒量好，小心喝過了，又來耍酒瘋。」

我十分不屑，東海水君這酒，雖也算得上瓊漿玉液，可拿來和折顏釀出的酒一比，委實是白水。卻也懶得理他，左右已撕破了臉皮，只怨本上神今日運氣不好，出門未翻黃曆。

宴到一半，我已毫無興致，只想快快吃完這頓飯，好早些回狐狸洞。

當此時，東海水君卻啪啪啪拍了三下巴掌。

我勉強打起精神，便見一眾舞姬嫋嫋娜娜入得殿來，手中都握了絹扇，穿得甚是涼快。我心下好奇，此番又不是東海水君做壽，一個小娃娃的滿月宴，還要歌舞助興？

絲竹聲聲入耳。我只管探身去取被夜華撤到一旁的酒壺。

當年有幸被鬼君擎蒼綁去他的大紫明宮叨擾幾日。大紫明宮的舞姬們，清麗者有之，淡雅者有之，妖豔者亦有之。不得已與她們虛與委蛇三五日，四海八荒便再無舞姬能得我意。

瞟了一眼身旁的夜華，他亦是百無聊賴。

小糯米糰子卻乍然一嘆：「呀，是這個姐姐。」

我順著他的目光往殿中看去，白衣的舞姬們正扮作芙蕖花的白花瓣，正中間托了個黃衣少女。那女子乍看並無甚奇特之處，形貌間略略尋得出幾分東海水君的影子來。

我難免轉過頭去看幾眼東海水君。

東海水君此時倒是靈敏，察覺我的目光，咳嗽一聲尷尬一笑道：「正是舍妹。」又上前一步到小糯米糰子身邊，「小天孫竟認得舍妹？」

糯米糰子看我一眼，吭吭哧哧：「認是認得。」卻又立刻擺手堅定立場，「不過本天孫與她不熟。」說完又偷覷一眼他的父君。

東海水君的舍妹如今正眼巴巴地望著坐在我身側的夜華君，目光熱切又沉寂，哀傷又歡愉。

夜華把著酒盞紋絲不動，一瞬間倒又變作了我初初見時的冷漠神君。

這是唱的哪一齣？落花有意，流水無情？善感女碰上冷郎君，妾身有心做那藤繞樹，無奈郎心如鐵，妾身滿腔真心盡錯付？

我滿意點頭，是齣好戲，自己給自己倒了杯酒，看得挺快活。正到興味處，絲竹卻戛然而止，東海水君的舍妹朝夜華的方向拜過一拜，便在眾舞姬的簇擁下飄然離去。

夜華轉過頭來看我，似笑非笑：「仙使何以滿臉失望之色？」

我摸了摸面皮，打了個乾哈哈：「有嗎？」

又熬了一個多時辰，方才宴罷，本應各自散去，夜華卻將小糯米糰子往我懷中一推：「阿離先由妳照看著，我去去便回。」

各路神仙恰來拱手道別，我一個恍神，他便連人影都不見了。

被些許瑣事壓了好幾個時辰的清明陡然翻上靈台，我腦門上立馬滲出幾大滴清汗，他該不會把我那唬小糯米糰子的話作了數，真將我拽去天宮吧？

想到這一層，手上軟乎乎的小糯米糰子登時成了個燙手的山芋。

我匆匆邁出大殿。而今眼目下，快點找到糯米糰子爹，將糯米糰子還回去是正經。

問了幾個小僕從，卻無一人見過夜華君。我只得繞彎子，改問東海水君那舍妹如今仙駕何處。

方才夜華行色匆匆，淡薄之間隱含親切，疏離之間又暗藏婉約，如此神態，以本上神十多萬年所見的風月經驗，定是會佳人去了。

小僕從遙遙一指，便指向了路盡頭的東海水晶宮後花園。

我拉著糯米糰子站在園門口，不勝唏噓。

須知本上神年紀雖大，其實沒什麼方向感，進去方便，卻不知能不能出得來。斟酌半日，慎重地覺得，還是在這口子上候著吧。

小糯米糰子卻不依，握著小拳頭做惡狠狠狀：「娘親再不進去棒打鴛鴦，父君便要被那繆清公主搶走了。」又扠腰撫額做悲嘆狀，「自來後花園便是是非之地，多少才子就是在這裡被佳人迷了魂道失了前程，累得受苦一生的。」

我傻了片刻，啞然道：「這這這，這些話都是誰教你的？」

小糯米糰子呆了一呆：「三百多年前，天上白日飛昇來一個小仙，叫成玉的，天君祖爺爺封了他個元君號，稱成玉元君，便是他告訴我的。」揉著頭髮茫然道，「難道竟不對嗎？」

對是對，不過，夜華君眼皮子底下，這位成玉元君竟敢教糯米糰子這些東西，且還教到了糰子的耳中心底，也算是項能耐本事，如此妙人，日後碰上了定要結交結交。

小糯米糰子乾脆來拉了我的袖子，硬要把我拖進園子去。

他一個小人兒，我也不好反抗，只得出言相勸：「你父君青春正健，那繆清，是叫繆清吧，那繆清公主也是荳蔻年華正宜婚嫁。年輕男女相互思慕乃是倫常，他兩個既已做了鴛鴦，你我再去當那打鴛鴦的大棒，無端壞人姻緣，卻是造孽。你與那繆清公主又不是有解不開的深仇大恨，非要壞了她的姻緣才盡興，得饒人處須得且饒人些。」

許是我後面那句話放得過重，小糯米糰子嘴巴一扁，我趕緊安撫，又是親又是摸，他才鎮定下來，軟著嗓子道：「她雖曾救過我一次，但我也好好向她道了謝，她卻自以為從此後便在父君面前有所不同，每每父君領著我去娘親的俊疾山小住，她便前來癡纏，甚是討厭。」

我忍不住教育他兩句：「救命之恩直比海深，豈是道個謝就能了事的。」若是道個謝便能不再掛心，我如今卻不知要逍遙多少，只管記著我和墨淵做師徒時圓滿融洽的情分，斷不會再有這許多的愧疚遺憾困在心中不得紓解。

小糯米糰子短短反省了一回，卻又馬上跺腳：「她不守本分，她明知父君已有妻室，卻還來糾纏父君。她住娘親的房子，用娘親的炊具，還來搶娘親的夫君。」

我望了一回天，腦中閃過夜華君那張和墨淵一個模子印出來的臉，很是感慨。

這倒怪不著繆清，本上神看那麼一張臉看了幾萬年，如今才能略略把持住。尋常女子，要能在那樣一張面皮跟前謹守住本分，還尚屬困難。倒是東荒的俊疾山，什麼時候變作了素錦的財產，我卻有些疑惑。

略略一問，小糯米糰子便和盤托出。

他說得顛三倒四，我竟也能順藤摸瓜籌出個大概，不禁佩服自己。

原來糯米糰子他親娘並不是夜華君的側妃素錦，卻是地上一個凡人。如今糯米糰子的寢殿裡，還掛著那凡人的一幅丹青，說是青衣著身白綾覆面，正是現下我這副模樣。三百年前，卻不知什麼因緣，那凡人甫產下小糯米糰子，便跳下了誅仙台。誅仙台這地方我有過耳聞，神仙跳下去修為失盡，凡人跳下去定是三魂七魄連個渣都不剩。小糯米糰子想來並不知道這一層。

那凡人被接上天宮前，正是長在東荒的俊疾山。夜華君念舊，將她在山上住過的屋子加了封印，每年都領小糯米糰子來小住十天半月。

我委實欽佩夜華君的膽色，這些恩怨情仇宮廷舊事，他竟一點也不瞞著小糯米糰子，倒不怕給他這兒子釀成心理陰影。

而繆清同糰子和夜華的因緣，卻要追溯到百來年前。

百來年前一天，小糯米糰子一個人在山上林子裡捉兔子玩，靈氣引來路過的蛇妖。蛇妖只道是哪家道童，想他周身仙氣滋補，便要來吃了他。幸而遇到來俊疾山踩青的東海公主繆清，將他救了下來，按他的指引，送回了山上的小屋。那小屋因加了封印，外人本看不見，然小糯米糰子敬繆清公主是救命恩人，亮明了身分，並將她領回屋子吃茶。茶畢，繆清公主正要告辭，卻遇上突然歸來的夜華君。瞬時天雷勾動地火，正值情竇初開年紀的繆清公主，對夜華君一見鍾情了。

夜華不願欠東海公主的人情，許了繆清一個心願。

百十年來，繆清幾乎就守在東荒俊疾山，夜華父子一來，便為他們洗衣做飯蒸糕點。一個公主卻來做這些僕從的活計，夜華覺得不妥，那廂公主悄然低首無限嬌羞：「這便是我的心願，求君上成全。」夜華無法，只得隨她。

然則，以上只是小糯米糰子的片面之詞。看這光景，夜華君倒是個多情種，很難說未曾對這善解人意的東海公主動過心。

我頓覺空虛，夜華活到如今，也不過五萬來歲，就惹出這許多的情債，委實是個人才。

本上神五萬歲的時候，卻還在幹什麼來著？

小糯米糰子神色複雜，看著我欲言又止。

我凜然道：「身為男子最做不得吞吞吐吐的形容，一不留神就猥瑣了，有什麼卻說，痛快些。」

他包了一包淚，指著我：「娘親這不在乎的模樣，是不是已心有所屬，不要阿離和父君了？」

我啞然。夜華與我雖有婚約，卻不過初相識，實難談得上什麼在乎不在乎。

小糯米糰子卻後退兩步，捂臉痛心疾首：「爹要娶後娘娘要嫁後爹，阿離果然應了這名字，活該嘗不了團團圓圓，要一個人孤孤單單，你們都不要阿離，阿離一個人過罷了。」

我被他吼得心驚肉跳。

他親娘當年拋下他跳了誅仙台，小小年紀必然有些心結。如今鬱結進肺腑，怕是不好。

我趕緊陪了笑臉來抱他：「我既是你娘親，便絕不會不要你。」

他指控道：「可妳不要父君。妳不要父君，父君就會娶了那繆清，父君娶了那繆清，另生一個寶寶，便不會再要阿離。」說著就要淚奔。

我大感頭痛，為了不使他失望，只得做出一副甜蜜樣，咬牙切齒道：「你父君是我的心，我的肝，我的寶貝甜蜜錢兒，我又怎會不要他。」

說完自己先抖了一抖。

小糯米糰子大感滿意，抱著我的腿繼續朝花園裡拖。我別無他法，只能隨他去，心中卻切切期盼夜華君此刻並不在園子裡，省得我真來演一齣棒打鴛鴦的大戲。

倘若不幸，讓本上神一舉猜中，他此番的確是在園中會佳人，那夜華君，今日來攪你姻緣，乃是為了你兒子的心理健全，卻怪不得我了。

繞過拱門，不遠處一頂頗精緻的亭子裡，玄色長袍、負手而立的男子正是夜華。旁邊坐的那黃衣少女，也正是繆清公主。

本上神太英明，他果然是來會佳人了。

小糯米糰子搖了搖我的袖子：「娘親，該妳出場了。」

他倒入戲得快。我頭皮麻了一麻，思忖著要怎麼做這開場白才好。

我識得的熟人中，只有大哥白玄桃花最多。

大嫂每次處置大哥那些桃花，都用的什麼手段來著？

哦，對。首先是眼神，眼神必得冷淡，上下打量一番那桃花，看美人譬如看一顆白菜。

其次是聲音，聲音必得縹緲，對那事主就一句話：「這回這個我看著甚好，倘若夫君喜歡，便將她收了吧，我也多一個妹妹。」此乃以退為進。

大哥雖逢場作戲者多，對大嫂卻是矢志不渝，非卿不可，此招方能生效。這麼一比，我與大嫂的情況卻是不同。這個法子用不得。

我躊躇半日，小糯米糰子已疾走幾步，跪到他父君跟前，道：「孩兒見過父君。」

夜華眼睛瞇了一瞇，越過糯米糰子盯著我。

我硬著頭皮走過去，頷首算是見過禮，將糯米糰子從地上拉起來，拍拍他膝上的灰，再找個美人靠抱他坐下來。

背後夜華君目光凌厲，我一套動作完成得很是艱難。

繆清公主主動開口道：「姐姐是？」

我努力做出一副皮笑肉不笑的神態，揉著小糯米糰子的臉：「這孩子，喚我一聲娘親。」

繆清一瞬間像遭了雷劈。

我內心其實也很愧疚。這繆清公主模樣不錯，雖與南海的綠袖公主比起來還有差距，卻大大小小也算個美人。她與我無冤無仇，我這個作為，委實不算地道。再則我一個長輩，卻來小輩面前挑事，挑的還是這種風月事，若讓人曉得，一張臉也不曉得往哪裡擱。

我心中淒苦，面上卻還得把戲分做足，繼續皮笑肉不笑：「眼下這烏雲壓頂的光景，倒是造出個好氣氛，於妹妹而言大約更適合幽會，於姐姐我嘛，倒是無端令我生出幾分作詩的興致。」

夜華乾脆抄了手靠在一旁亭柱子上聽我胡扯。

小糯米糰子不明所以，呆呆掉頭來望我。我點他的額頭嗔笑：「天蒼蒼，野茫茫，一枝紅杏要出牆。」再望那繆清公主，道：「妹妹說，可是應景？」

她已傻了。俄頃，兩行熱淚順著眼角撲簌落下。撲通一聲，跪到我跟前：「娘娘息怒，繆清，繆清不知是娘娘鳳駕，繆清萬不敢做娘娘的妹妹。繆清只是思慕君上，並不求君上能允繆清些什麼。此番兄長要將繆清嫁去西海，那西海的二皇子卻是，卻是個真正的紈褲。因婚期日近，繆清無法，得知君上將攜小天孫來東海赴宴，才出此下策以舞相邀。繆清只願生生世世跟隨君上，便是做個婢女伺候君上，再不作他想，求娘娘成全。」

原是這麼回事。這姑娘，對夜華倒是真情。此情，何其動人。其實，天宮那麼大，就讓她分一個角落又如何。但這終歸是夜華君的家事。她若不是這麼情真意切一片真心可昭日月，我一棒子打下去又何妨。如今，卻真真做不出了。

情愛一事，本無道德可談、對錯可分。糯米糰子尚小，日後可悉心教導，我卻萬萬再不能這麼助紂為虐。想到這一層，忍不住嘆了口氣，抱住糯米糰子起身便要走。

糯米糰子委委屈屈地死扒著美人靠：「娘親妳方才還說父君是妳的心，妳的肝，妳的寶貝甜蜜餞兒。別人來搶父君，妳卻又任由她們搶去，妳說話不算話。」

我一個頭變兩個大。

靠在亭柱上的夜華愣了一愣，突然笑了，前移一步擋住我的去路，指間分出我一縷頭髮，良久，緩緩開口：「我是妳的心肝兒？」

我呵呵乾笑，後退一步。

他再近一步：「妳的寶貝兒？」

我笑得益發乾，再退一步。

他乾脆把我封死在亭角：「妳的甜蜜錢兒？」

此番我是乾笑都笑不出來了，嘴裡發苦。本上神這是造了什麼孽啊造了什麼孽。

我眼一閉心一橫：「死相啦，你不是早知道嗎?卻偏要人家說出來，真是壞死了。」

我懷中的小糯米糰子抖了一抖，面前的夜華亦抖了一抖。

趁他們發愣的間隙，我將小糯米糰子往美人靠上一甩，丟盔棄甲，逃之夭夭。

本上神此番，狼狽。

幾萬年都未有過這麼狼狽。

第五章　大紫明宮

因丟了迷轂枝丫，再則夜色又黑，能在入更前繞出東海已是近年積了大德。如此，我倒並不指望天明前可趕回青丘。

然東海乃是四面水路，我從四隻爪子著地還是個狐狸時，就活在陸地上，自是看這四條路皆是模樣一致，無甚區別。是以出得水面，才發覺竟生生搞反了方向，將北方那條路誤作了東方。

現今耳目下，天上朗月皎皎。我坐在東海北岸的礁石上，卻委實發愁。原路返回，從東海泅回去固然不難，可再碰上夜華君，面子上總不大好過。左思右想，今夜還是在這北岸上生生受一晚，明早再做打算罷了。

人間四月芳菲盡，白日裡倒還暖和，夜裡卻十分寒涼。身上衣裳甚單，海裡騰騰的白氣迫得我連打了三個噴嚏。終於還是跳下礁石來，一頭扎進旁邊的林子裡。

這林子雖不如折顏的好，那樹枝高而嶙峋，鋪下一層一層葉子來，擋風卻是不錯的。既然擋風不錯，擋光自然也不錯，是以九重天上雖掛了輪清月吐輝，林子裡卻伸手不見五指。我將縛眼的白綾取下來疊仔細了，再從袖子裡摸出來顆鴿蛋大小的夜明珠，琢磨著找個三枝的樹杈躺一夜了事。

林中著實雜亂，雖也是個走獸，又有夜明珠照明，我這眼睛卻顯見得比不過一般同類。才不過跌跌撞撞走了三丈路，不留意便滾進了腳底下一個大洞。

四哥跟著折顏寫書，四海八荒曾搜羅了不少荒唐故事。

有一回便是說東荒眾山中一座叫焰空的孤山，山腳下立了座牌樓，牌樓下一個無底洞中，住了個美貌的妖孽。那妖孽雖煙視媚行，倒是個善妖，不幸愛上一個修真的凡人，奈何凡人一心飛昇，妖孽卻執著，扯出好一段恩怨糾纏，到後來毀了自身修行，也連累了滿山性命。四哥將這個故事放在所著書史的訓誡篇中，以此警戒後輩的小神仙。

如今坑我這洞和四哥書中所描的無底洞頗為類似，但此山非是焰空山，此洞也不該是無底洞。不過，洞底下卻保不準不會住個美貌癡情的妖孽。若能見上一見，將她點化了，送給四哥照管他那畢方鳥的坐騎，也算此番出青丘結了趟善緣。

想到這一層，心中踏實許多，任由身子無休無止朝底下落。

半炷香過後方才墜到洞底，令雙腿踩了實地。

眼前豁然開朗。術法造的天幕上月朗星稀，下面一彎曲觴流水，水上立了座草亭，比阿爹阿娘的狐狸洞略寬敞些。

草亭裡正有一雙男女作交頸鴛鴦。

我本意是來尋個尚未作惡的妖孽點化，卻不想活生生撞見別人閨閣逗趣，一愣，一尷尬。

男子背對著我，看不清形貌。女子半張臉埋在男子肩窩，清清秀秀的眉眼，看不出是個妖。許是乍然瞧見我從洞裡灰撲撲落下來，一雙杏眼滿含惶恐。

我朝她親切一笑，以示安撫，她卻直勾勾只管盯著我。

因這一雙幽會的男女乃是抱作一堆，那男子許是感受異常，也側身轉頭來看。

隔了大半個水塘，這一眼，卻讓我譬如大夏天被活生生澆了一道熱滾滾的燙豬油，又膩又驚。

許多年來刻意忘懷的一些舊事，紛紛從腦子裡揭起來。

男子的眉間似有千山萬水，定定瞧著我，半晌道：「阿音。」

我垂下眼皮，肅然道：「原是離鏡鬼君，老身與鬼君早恩斷義絕，『阿音』二字實當不得，還是煩請鬼君稱老身的虛號吧。」

他不說話，懷中的女子顫了兩顫，倒讓我望得分明。

我有些不耐，然近年小字輩的神仙們與鬼族處得不錯，總不能因了我個人的恩怨，毀了好不容易建起來的情誼。有這麼一層顧慮，臉色究竟不能做得太冷。

他嘆道：「阿音，妳躲我躲了七萬年，還準備繼續躲下去？」口吻甚誠懇，彷似見不到我還頗遺憾，很是令人唏噓。

我大感好奇，明明我兩個的關係已魚死網破到了相見爭如不見的境地，他倒如何再能說出這麼一番體己話來的。

再則，說我躲他，卻著實是樁天大的冤案。雖說活的時間太長就容易忘事，我揉著太陽穴切切回憶一番，卻依然覺得，七萬年來我與他不能相見，絕不是我有心躲避，此，乃是緣分所致。

七萬年，說長不長，說短不短。東荒那方大澤滄海桑田二十個來回，也就到頭了。

七萬年前某一日，前鬼君擎蒼出外遊獵，看上了九師兄令羽，將他綁去大紫明宮，要立為男后。因我那時和令羽一處，便倒霉催地被順道同綁了去。

我五萬歲時拜墨淵學藝。墨淵座下從不收女弟子，阿娘便使了術法將我變作個男兒身，並胡亂命了司音這假名字。

那時，人人皆知墨淵上神座下第十七個徒弟司音，乃是以綢扇為法器的一位神君，是墨淵上神極寵愛的小弟子，絕無人曾懷疑司音神君原來卻是個女神。

我與令羽雖同被綁架，因我只是個順道，管得自然鬆懈些，三頓飯外，尚許四處走走，不出大紫明宮便不妨事。

後來我時常想，在大紫明宮的第三日午膳，許是不該吃那碗紅燒肉。如若我不吃那碗多出來的紅燒肉，四海八荒到今天，未必還是這番天地。

那時，我午膳本已用畢，廚子卻呈上來這碗命運的紅燒肉，說是擎蒼上午獵的一頭山豬，割下來大腿專門蒸了兩碗，一碗送去了令羽那裡，一碗順道賞了我。我看它油光水滑，賣相甚好，也就客客氣氣，將一碗吃盡了。

須知此前我已用過午膳，這一碗紅燒肉算是加餐，因而飯後例行的散步，便少不得比尋常多走兩步。便是多走的這兩步路，讓我在人生路上初遇還是皇子的離鏡，生生改了自己半輩子的運程。

有千里之堤，潰於蟻穴之說；也有一個饅頭引發的血案之說。是以一碗紅燒肉將我的人生路鋪得坎坷無比，倒算不得荒唐。而今再回首，本上神卻難免感嘆一聲。這聲感嘆裡頭，有遺憾三分，悵然七分。

尚且記得那日天方晴好，太陽遠遠照著，透過大紫明宮灰白的霧障，似個鹹蛋黃遙遙掛在天幕邊。

作陪的宮娥與我進言，御花園裡有株寒月芙蕖很稀罕，現下正開花了，神君若還覺著脹食，倒可以過去看看。又給我指了道兒。

我搖著綢扇一路探過去，因認路的本事不佳，半日都未尋到宮娥口中稀罕的芙蕖。好在這御花園裡雖是淺水假山，但扶疏花木中偶得燕喃鶯語，細細賞玩，頗有趣味。

我自娛自樂得正怡然，斜刺裡卻突然躥出個少年，襟袍半敞，頭髮鬆鬆散著，眼神迷離，肩上還沾了幾片花瓣。雖一副剛剛睡醒的形容，分毫掩不了名花傾國的風采。

我估摸著許是那斷袖鬼君的某位夫人，略略向他點了點頭。他呆了一呆，也不回禮，精神氣似乎仍未收拾妥貼。我自是不與尚未睡醒的人計較，盡了禮數，搖起扇子繼續遊園。待與他擦肩而過時，他卻一把拽了我的袖子，神色鄭重且惑然：「你這身衣裳顏色倒怪，不過也挺好看，哪裡做的？」

我一時反應不過來，眼巴巴瞅著他，說不上話。

這身衣裳通體銀紫，因連著好幾日白日裡穿入夜裡洗，顏色比新上身時是暗淡了些，卻也算不上什麼怪異。擎蒼綁架我和令羽之前並未打過招呼，算是個突發事件，我也來不及準備換洗衣物，入得大紫明宮來，左右就這一身衣裳。他們備的衣物我又穿不慣，只好洗得勤些。

面前的少年拉著我轉一圈又上下打量，懇切道：「我還沒見過這樣色彩的東西，正愁父王做壽找不到合襯的祝禮，這倒是個稀罕物。小兄弟做個人情，將這身衣裳換給我吧。」話畢已拿住我，雪白膚色微微發紅，羞赧且麻利地剝我衣服。雖化了個男兒身，可我終究是個黃花女神仙，遇到這等事，依照傳統，再不濟力也要反抗一番。

彼時，我兩個正立在一方蓮池旁，和風拂來，蓮香怡人。

我那掙扎雖未用上術法，只是空手赤膊地一掙一推，卻不想中間一個轉故，竟牽連得兩人雙雙落進蓮池。鬼族的耳朵素來尖，一聲砸水響引來許多人看熱鬧。此事委實丟臉。他向我比個手勢，我揣摩著是別上去的意思，點了點頭，便與他這麼背靠著背，在水底一道蹲了。

我們憂愁地蹲啊蹲，一直蹲到天黑，估摸水上再沒人了，才哆哆嗦嗦地爬上岸去。

因有了這半日蹲緣，我兩個竟冰釋前嫌互換了名帖，稱起兄弟來。

這麗色少年委實與那斷袖鬼君有關係，卻不是他夫人，而是他親生的第二個兒子。便是離鏡。

只記得當時，我訝然且唏噓，原來身為一個斷袖，他也是可以有兒子的。

那之後，離鏡便日日來邀我吃茶鬥雞飲酒。

我卻委實沒精神。因新得了消息，說擎蒼威逼，婚期就定在二月初三，令羽抵死不從，撞了三次柱子被救回來，又開始絕食。

那時我人微力薄，莫說救了令羽一同逃出大紫明宮，只我一人想要逃出去，也困難得緊。因信任墨淵閉關出來後必會救我們出水火，我在這裡過得倒並不十分難受。原想擎蒼既對令羽滿心思慕，那令羽的境況倒也無甚可操心，卻哪知他會將自己弄到如此境地。

我日也心憂夜也心憂。

離鏡瞧著不耐，脾氣一上來，將擎著的酒杯一砸：「這麼件小事，你卻寧肯日日做出一副愁苦形容也不來找我幫忙，分明是不拿我當兄弟。你不認我這個哥哥，我卻偏是要認你這個弟弟。我管保二月初三前幫你將他運出宮就是。你對他有什麼話，也好好寫清，我今晚幫你帶過去叫他放寬心。說是昨日他又投了一回湖，我倒從來不曉得，現今的神仙如此嬌弱，投個湖也能溺得死。也只得我父王，竟還能將這看作天大的事。」

我甚無語。不將此事叨擾於他，原是想他和擎蒼終歸父子，與他惹了麻煩卻不好。他既執意要幫忙，我也就默默地從了。

因勢必欠他一個人情，後來陪離鏡飲酒作樂，我少不得更賣力些。

原本飲酒我最怕與人行雅令。那時年少，玩心太重，整日裡跟著幾個糊塗師兄游手好閒鬥雞走狗，招搖過市徒作風流，詩文音律一概不通，每每行雅令我便是桌上被罰得最多的一個。行通令卻是我最上手的，不管是抽籤還是擲骰子，便是划個拳猜個數，我也能輕輕鬆鬆就拿個師門第一。這番我卻是要討好離鏡，是以行雅令假裝行得很愉快，只管張口渾說低頭喝酒便是，行通令卻假裝行得抓耳撓腮。

離鏡很是樂呵。遂周詳計畫一番，決定初二夜裡，助我將令羽偷出宮去。如此，我們兩個的關係簡直一口千里，短短十日，便飆到了一萬里，到了談婚論嫁的程度。

倒並不是我同他談婚論嫁。卻說是他的妹妹胭脂，不知怎的，看上了我。

離鏡這胭脂妹妹我見過一次，長得和他不大像，估摸是隨母親，雖沒有十分姿色，卻也是個清秀佳人。

他興高采烈，只說親上加親，雖然我與他原本也沒什麼親。然我這廂委實愁苦。我若生來便是個男兒身，倒也無甚可說，是個喜事。但顯見得我生下來並不是個帶把的公狐狸。與離鏡說我一介粗人，配不上胭脂公主，他卻只當我害羞，微微一笑了事。我在心中罵娘多次，全沒有效用，悲情得很。

一座大紫明宮，令羽在東隅苦苦支撐，我在西隅苦苦支撐，也算和諧平衡。

一日入夢，夢見令羽當真嫁了那斷袖鬼君做王后，我也當真娶了胭脂。離鏡親熱地挽著我，指著令羽道：「音弟，快喚聲母后。」令羽則來牽我的手罩上他的腹部，頭上頂了片金光，甚慈愛與我道：「幾個月後，母后便要再為你們生下一窩小弟弟來，阿音，你歡喜不歡喜？」我僵著臉乾笑：「歡喜。」

待醒來時，貼身的中衣全被冷汗打濕透了。待要下床喝口涼水壓驚，撩開帳子，卻見離鏡著了件白袍，悄無聲息立在床頭，炯炯地將我望著。

我從床上滾了下去。

彼時已三更，窗外月色雖不十分好，照亮這間小廂房卻也夠了。

我趴在地上想，不怪不怪，他許是睡不著，來找我解悶。

就果然見他蹲下來，沉吟半晌道：「阿音，我說與你一個秘密，你想不想聽？」

我思忖著，他這等時辰還不睡，專程來我居處要同我說個秘密，顯見得為這個秘密熬得十分苦悶。我若不聽，不夠兄弟。三思後，憋屈著點了一回頭，違心道：「想聽，你說。」

他害羞道：「阿音，我歡喜你，想同你睏覺。」

我方從地上爬起來，一頭又栽了下去。

據我所知，離鏡因厭惡他老子的斷袖行徑，風月事上素來十分正直，寢殿裡儲了許多美人，個個都胸大腰細腿長。彼時我化的是個男兒身，顏色雖無甚變化，胸部卻著實是平的，聽罷他這番言論，受的驚嚇可想而知。

他自以為剖白心跡，已算與我打了商量，就來剝我衣裳。我死命護著前襟。他惱怒道：「你既已默許，又這般扭捏做什麼？」

須知本神君那時沒言語，萬萬不是默許，乃是傻了片刻。

他初次見我便是扒我衣裳，也不過十數日又來扒一回。泥人尚有三分土性子，更何況彼時我大大小小也占個仙位，封了神君。

實在忍無可忍，一個手刀砍出去，將他放倒在地。誰知力道施得過重，又恰巧砍在他頸後天柱穴，機緣巧合，他昏了。重重壓在我肚子上，從頭到腳的酒氣。

酒氣入鼻，我琢磨著他方才那些作為皆是發酒瘋，想著同個醉鬼計較什麼，又想地上究竟寒涼，遂撈了床被子胡亂將他一裹，打了個捲兒推到床腳，自去床上睡了。

翌日大清早，我兩眼一睜便看見他，可憐兮兮地裹著昨夜那床被子趴在我床沿邊上，邊皺眉邊揉頸項：「我怎麼睡在你這裡？」

我在胸中掂量一回，又掂量一回，緩緩道：「你昨夜喝了酒，三更跑到我房裡，說歡喜我，要同我睏覺。」

他抓頭髮的手僵在半空中，臉色乍青乍白。半晌，結結巴巴道：「我，我不是斷袖。我，我若是那個，又怎麼會把，把親妹妹說與你當媳婦？」

我攏了攏衣襟，欣慰道：「誠然你不是個斷袖。」

卻不想我這攏衣襟的動作深深刺激到他。

他抬起右手來顫巍巍指著我：「你，你這樣，分明，分明卻是怕被我占了便宜的形容。」

我呆了一呆，澀然道：「誠然你昨夜也確實差點扒了我衣裳。」

那之後，連著幾日未見離鏡。先前他幾乎日日騷擾於我，近時倒杳無消息。說句良心話，離鏡其人，為人雖聒噪些，帶來的酒是好喝的，和他鬥雞鬥蛐蛐兒也是愉快的。是以，幾日不見，我甚懷念他。

胭脂公主邀我逛後花園，不意說起她這位哥哥，我才知離鏡近日夜夜眠花宿柳，過得很是放蕩風流。

胭脂細心和順，擔憂道：「莫不是神君與二哥哥出了什麼嫌隙，以往你兩個卻如連體生的般，日日形影不離的。」

我摸著後腦勺回想一番，以為除去那夜他醉酒調戲我未遂外，我同他一直處得挺和睦。再則兄弟如衣服，老婆如手足，他同他的手足們行那繁衍香火的大事，加個衣服委實多餘。美人在抱實乃風雅事，旁邊再站個男子虎視眈眈盯著你懷中的美人，卻就有些風雅過頭了。縱然我並不是個真男子，故而絕不會覬覦他懷中的美人，他卻不知，必定要防範一番。做男子不易，做個有眾多老婆的男子更不易。想到這一層，我體諒他。

胭脂巴巴瞧著我要問個究竟。我在心中揣摩一番，覺得這些話說與一個女兒家聽不大好。尷尬了半日，隨便找個理由，胡亂搪塞過去了。

未幾，二月初一。

大紫明宮張燈結綵，我的伙食也改善不少。

自接到我那封書信，因得了寬慰，幾日來令羽勉強還算安生。

不過，送他出宮卻是極機密之事，我在信中並未提及，是以婚期日近，他未免又開始惶恐。光上午兩個多時辰，就咬了一回舌、服了一回毒且上了一回吊，很是能折騰。

我在廂房來來回回轉了十圈，掂量還是得去離鏡的寢殿跑上一趟，與他商議商議，看能不能將計畫提前一日。

到得離鏡寢殿前，卻被兩個宮娥攔住，說二皇子殿下攜了兩位夫人出外遊獵，未在宮中。我思忖一番，留言於宮娥，待二皇子殿下回宮，煩勞她二位通報一聲，說司音神君得了個有趣的把戲，等不及要與他看。

我枯坐在房中嗑了半日瓜子，未等到離鏡，卻等來了我的師父墨淵。

墨淵腋下夾了個被團，被團裡裹了條人影，那形容，約莫就是自殺未遂的九師兄令羽。

我一個瓜子殼兒卡在喉嚨口，憋得滿面青紫。他皺著眉頭將我打量一番，過來幫我拍了拍胸口。

我咳出瓜子殼來，想著今日終於可以逃出生天，再不用為令羽擔驚受怕，頓時歡喜。

他放下令羽來將我抱了一抱，緊緊扣住我的腰，半晌才放開，淡淡道：「不錯，令羽瘦了一圈，小十七你倒是胖了一圈，算來也不見得是我們吃虧。」

我訕訕一笑，捧了捧瓜子遞到他面前：「師父，您吃瓜子。」

那夜我們的出逃並不順利。

擎蒼擄了我和令羽，縱然他對令羽滿心戀慕，然令羽不從，便是個強迫。墨淵顧及神族和鬼族的情誼，並不兵戎相見，只低調地潛進大紫明宮來再將我和令羽擄回去，已算很賣他面子。然他卻很不懂事，竟調了兵將來堵在宮門前，要拿我們。便怪不得墨淵忍無可忍，大開殺戒。

令羽因一直昏睡，未見得那番景致。我瞧著眼前鮮血四濺的頭顱們，卻甚是心驚。

墨淵素來不曾敗過。拎著我和令羽跳出宮門時，我回頭一望，只見擎蒼拿了方畫戟，站在暗紅的一攤血泊中，目眥欲裂。

我一直未曾見到離鏡。

墨淵拎著我和令羽從大紫明宮連夜奔回崑崙墟，一路無語，令羽仍昏著，便更無語。

那是我永世不能忘懷的夜晚，卻永世也不願再記起。

奔回崑崙墟後，墨淵將令羽託給四師兄照看，匆匆領我去了他的丹藥房，一個劈手將我敲昏，鎖在他的煉丹爐裡。

從昏迷中初醒時，我思忖這許是墨淵的懲罰，警示我未將令羽照顧妥貼，害他傷情多半月，瘦了一圈。

卻忽聞天雷轟轟。

此時才反應過來，這怕是我的天劫。墨淵將我安置在此處，應是讓我避劫。

我雖生來仙胎，但要有點前途，路也是靠自己闖的。從一般神仙飛昇成上仙，再從上仙飛昇成上神，少則七萬年，多則十四萬年，歷兩個劫數。歷得過，便壽與天齊；歷不過，便就此絕命。

那時候，我跟著墨淵已整整兩萬年。按理說，推演自己的天劫將在何時何地以何種形式落下來，再提早預演些歷劫之法，應不在話下。卻因我素來厭惡推演之術，只覺那些印伽無趣至極，每每墨淵授課時，便積極地打瞌睡，以至學了許久，不過恍惚能掐算個凡人的命數。即便如此，十次有五六次，也還是不中的。

我深知自己道薄緣淺，以這般修為歷那般劫數，譬如雞肚裡剖出個鴨蛋，絕無可能。

所幸七萬年來我混日子混得逍遙，便是頃刻魂飛魄散了，也無甚遺憾。是以對這趟天劫，看得還算淡，只略略曉得就是當下一年了，其他便茫然得很。

我窩在煉丹爐裡，待了好一會兒，才驟然想起，這廂我躲了，卻尋哪個來替我。須知天劫之所以為天劫，自然比不得一般劫數，一旦落下來，必定要應到人身上，才算了結。

轟轟的天雷震得我頭腦一片空白，使出渾身的解數想要從爐子裡鑽出來，卻終是不能。我生平第一次意識到，自己這兩萬年的求藝生涯，活得混帳。

第二日，大師兄揭開爐蓋子，語重心長道：「十七，昨日師父站在這爐子旁生生為你受了三道天雷，你往後還是好生學些本事吧。下回飛昇上神，卻再讓師父幫你歷劫，就不好了。」

墨淵代我挨了天劫，在我從爐子裡爬出來之前，已閉關休養去了。

我在他洞前跪了三日，一把鼻涕一把淚，巴巴地唸：「師父，您是不是傷得很重？您這個傷勢還休養不休養得好？徒弟實在是個混帳，成天帶累您。您萬萬不能落下病根，您若是有個萬一，徒弟只有把自己燉了給您做補湯吃。」

這輩子只有那麼一次，我哭得如此失態又傷心。

第六章　鬼族之亂

那之後，我十分努力，日日在房中參詳仙術道法，閒暇便看些前輩神仙們留的典籍。我這樣用功，看得大師兄很是寬慰。

每學會一個把式，我便去墨淵洞前耍一番。他雖不曉得，我卻求個心安。

一日，我正在後山桃花林參禪打坐，大師兄派了隻仙鶴來通報，讓我速速趕去前廳，有客至。

我折了枝桃花。墨淵房中那枝已有枯敗的痕跡，他近來雖閉關，未曾住在房中，我卻要將它打整妥貼，待他出關時，才住得舒適。

我將桃花枝拈在手中，先去前廳。

路過中庭，十三、十四兩位師兄正在棗樹底下開賭局，賭的正是前廳那位客人是男是女。我估摸是四哥白真前來探望，於是掏出顆夜明珠來，也矜持地下了一注。進得前廳，卻不想，大師兄口中的客人，堪堪正是許久未見的鬼族二皇子離鏡。

當是時，他正儀態萬方地端坐在梨花木太師椅上，微合了雙目品茶。見我進來，愣了一愣。

墨淵那夜血洗大紫明宮，我甚有條理地推測，離鏡他這番，莫不是上門討債來了？

他卻疾走兩步，親厚地握住我雙手：「阿音，我想明白了，此番我是來與你雙宿雙飛的。」

桃花枝啪嚓一聲掉地上。

十三師兄在門外大聲吆喝：「給錢給錢，是女的。」

我很是茫然。想了半天，將衣襟敞開來給他看：「我是個男子，你同你寢殿的夫人們處得也甚好，並不是斷袖。」

誠然我不是男子，皮肉下那顆巴掌大的狐狸心也不比男子粗放，乃是女子一般的溫柔婉約敏感纖細。但既然當初阿娘同墨淵作了假，我便少不得要維持著男子的形貌，直至學而有成，順利出師門。

離鏡盯著我平坦的胸部半晌，抹一把鼻血道：「那日從你房中出來後，我思緒良多。因害怕自己當真對你有那非分之想，是以整日流連花叢，妄圖，妄圖用女子來麻痺自己。開初，開初也見些成效，卻不想自你走後，我日也思念夜也思念。阿音，」他忘情地來擁住我，沉緩道：「為了你，便是斷一回袖又有何妨？」

我望了一回樑上的桃花木，又細細想了一回，覺得現今這情勢，令人何其莫名。

背景裡傳出十四師兄的哈哈一笑：「給錢？到底是誰給誰錢？」

縱然離鏡千里迢迢跑來崑崙墟對我表白了心意，然我對他委實沒那斷袖情，只得教他失望了。

天色漸暗，山路不好走，我留他在山上住一夜。奈何大師兄知曉有個斷袖上山來拐我，竟生生將他打出了山門。

我欽佩離鏡的好膽色，被大師兄那麼一頓好打，也並不放棄，隔三岔五便派他的坐騎火麒麟送來一些傷情的酸詩。始時寫的是「在天願做比翼鳥，在地願為連理枝」，三五日後便是「相思相見知何意，此時此夜難為情」，再三五日又是

「衣帶漸寬終不悔，為伊消得人憔悴」。

因寫這些詩的紙張點火好使，分管灶台的十三師兄便一一將它們搜羅去，做了點火的引子。我也拚死保衛過，奈何他一句「你終日在山上不事生產，只空等著吃飯，此番好不容易有點廢紙進帳，卻這般小氣」，便霎時讓我沒了言語。

那時我正年少，雖日日與男子們混在一處，萬幸總還有些少女情懷。縱然不曾回過離鏡隻言片語，他卻好耐性，日日將那火麒麟遣來送信。

我有些被他打動。

一日，火麒麟送來兩句詩，叫作「天長地久有時盡，此恨綿綿無絕期」。我飽受驚嚇，以為此乃遺書，他像是個要去尋短見的形容。驚慌中立刻坐了火麒麟，要潛去大紫明宮規勸他，火麒麟卻將我徑直帶到山下一處洞府。

那洞是個天然的，收拾得很齊整，離鏡歪在一張石榻上。我不知他是死是活，只覺天都塌下來一半，跳下火麒麟便去搖他。搖啊搖啊搖啊搖，他卻始終不醒。我無法，只得祭出法器來，電閃雷鳴狂風過，一一地試過了，他卻還是不醒。火麒麟看不下去，提點道：「那法器打在身上只是肉疼，上仙不妨刺激刺激殿下脆弱的心肝兒，許就醒轉過來了。」

於是我便說了，說了那句話。

「你醒過來吧，我應了你就是。」

他果然睜開了眼睛，雖被我手中綢扇蹂躪得甚慘烈，卻是眉開眼笑，道：「阿音，應了我便不能反悔，將我扶一扶，我被你那法器打得，骨頭要散了。」

我始知這是個計謀。

後來大哥告訴我，風月裡的計謀不算計謀，情趣罷了。風月裡的情趣也不算情趣，計謀罷了。經過一番情傷後，我以為甚有理。堪堪彼時，卻並未悟到其中三昧。

離鏡將寢殿中的夫人散盡，我便同他在一處了。正逢人間四月，山上的桃花剛剛盛開。離鏡因已得手，不再送酸詩上來，大師兄卻以為他終於耗盡耐性，十分開心。我們的仙修課業也託福減了不少，大家都很開心。

離鏡因對大師兄那頓好打仍心有戚戚焉，雖住在山腳下，也不敢再到山上來。故而，每日我課業修畢，到墨淵洞前報備完了，還要收拾收拾下山，與他幽一幽會，日子過得疲於奔命。

離鏡不愧花叢裡一路蹚過來的，十分懂得拿人軟肋，討人歡心。現今還記得，他送過我許多小巧的玩意。莎草編的蛐蛐兒，翠竹做的短笛，全是親力親為，頗為討喜。固然不值錢這一點，讓人微有遺憾。

他還送過我一回黃瓜藤子上結的黃瓜花。在大紫明宮時，胭脂與我說過，她這哥哥自小便有一種眼病，分不清黃色和紫色。在他看來，黃色和紫色乃是同一種顏色，而這種顏色卻是正常人無法理解的奇異顏色。送我那朵黃瓜花時，他顯然以為此花乃絕世名花。我不與他計較，黃瓜花好歹也是朵花，於是將它晾乾了，夾在一本道法書裡珍藏起來。

我傷情之後，不再回憶當年與離鏡如何情投意合的一段時光。的確也過了這許多年，此間的種種細節，不太記得清。

便從玄女登場這段接下去。

玄女是大嫂未書娘家最小的一個妹妹。大嫂嫁過來時，她還是襁褓中的一名嬰孩。因當年大嫂出嫁時，娘家出了些事故，玄女便自小由大哥大嫂撫養，與我玩在一處。

玄女也是個美人，不知怎的，卻偏偏喜歡我的樣貌。尚在總角之時，便鎮日在我耳邊唸叨，想要一副與我同模樣的面孔。我被她叨唸幾百年，聽得辛苦。因知曉折顏有個易容換顏的好本事，有一年她生辰，便特地趕去十里桃林搬來折顏，請他施了這項法術，將她變得同我像了七八分。玄女遂了心願，甚歡喜；我得了清靜，也甚歡喜。如此皆大歡喜。

然不幾日，卻發現弊病。不是說折顏這項法術施得不好，只是我這廂，瞧著個同自己差不多的臉鎮日在眼前晃來晃去，未免頭暈，是以漸漸便將玄女疏遠了，只同四哥成日混在一起。

後來玄女長成個姑娘，回了她阿爹阿娘家，我與她就更無甚交情了。

我同離鏡處得正好時，大嫂來信說，她娘親要逼玄女嫁個熊瞎子，玄女一路逃到他們洞府。可他們那處洞府也不見得十分安全，她娘親終歸要找著來。於是她同大哥商量，將玄女暫且擱到我這裡避禍。

得了大嫂的信，我著手收拾出一間廂房來，再去大師兄處備了個書，告知他將有個仙友到崑崙墟叨擾幾日。大師兄近來心情甚佳，聽說這仙友乃是位女仙友，心情更佳，十分痛快地應了。

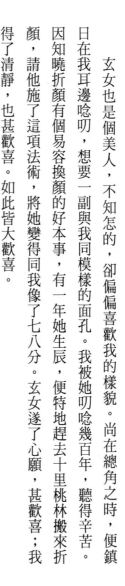

三日後，玄女低調地騰朵灰雲進了崑崙墟。

她見到我時，愣了一愣。

大嫂在信中有提及，說未曾告知玄女我便是她幼年的玩伴白淺，只說我是他們一位略有交情的仙友。

玄女在崑崙墟上住了下來。她那樣貌端端已有九分像我。

大師兄品評道：「說她不是你妹妹我真不信，你兩個一處，卻只差個神韻。」

那時我正春風得意，自是做不出那悲秋傷春惜花憐月的形容，著實有些沒神韻。

我見玄女終日鬱鬱寡歡，好好一張臉也被糟蹋得蠟黃蠟黃，本著親戚間提攜照顧的意思，次回下山找離鏡時，便將她也帶了去。

離鏡初見玄女，傻了半天，好不容易回過神來，又極是呆愣地蹦出來句：「卻是哪裡來的女司音？」

玄女噗哧一聲便笑了出來。

我見她終於開了一回心，倒也寬慰。日後再去找離鏡，次次將她捎帶著。

一日，我正趴在中庭的棗樹上摘棗子，預備太陽落山後帶去離鏡洞裡給他嘗個鮮。

大師兄冷颼颼飄到樹下站定，咬牙與我道：「上回我打那來拐你的斷袖你還抱怨我打重了，我卻恨不得當日沒打死他，沒教他拐走你，卻拐走了玄女……」

我一個趔趄栽下樹來，勉強抬頭道：「大師兄，你方才說什麼？」

他一愣，忙來扶我：「方才在山下，我老遠看到那斷袖同玄女牽著手散步，兩個人甚親熱的模樣。」

「咦？」他扶我扶了一半，又堪堪停住，摸著下巴道，「玄女是個女神仙，那斷袖卻誠然是個斷袖，他兩個怎麼竟湊作了一堆？」

我如同五雷轟頂，甩開他的手，飛一般奔出山門。

火麒麟在洞外打盹兒。

我捏個訣化作個蛾子，一路跌跌撞撞飛進洞去。

那石榻上正是一雙交纏的人影。

下方的女子長了一張同我一樣的臉，細細喘息。

上方的男子披散了一頭漆黑的長髮，柔聲喚：「玄女，玄女。」

我心口冰涼，支撐不住，穿堂風一吹，落下來化成人形。所幸還站得穩，沒失了崑崙墟的風度。

離鏡同玄女齊齊轉過頭來，那一番慌亂著實不足為外人道。

我尚且記得自己極鎮定地走過去，搧了一回離鏡，又去搧玄女，手卻被離鏡握住。玄女裹了被子縮在他懷中，離鏡臉色乍青乍白。

我同他僵持了半盞茶的工夫，他終於鬆開手來，澀然道：「阿音，我對不起你，我終究不是個斷袖。」

我怒極反笑：「這倒是個很中用的藉口，是不是斷袖都是你說了算，甚好，甚好。如今你卻打算將我怎麼辦？」

他沉默半晌，道：「先時是我荒唐。」

玄女半面淚痕，潸然道：「司音上仙，你便成全我們吧，我與離鏡情投意合，你兩個均是男子，終究，終究不是正經。」

我斂回神，冷冷笑道：「那什麼才是個正經，始亂終棄卻是個正經？勾引別人的相好，破壞別人的姻緣卻是個正經？」
她煞白了一張臉，再沒言語。
我心力交瘁，散散揮一回袖，將他們放走。與離鏡，便徹底完了。
那時著實年少，處理事情很不穩健，平白同他們辯了半日道理，浪費許多口水。不懂得快刀斬亂麻，一刀宰了他兩個，讓自己寬心是正經。
我初嘗情愛，便遭此大變，自然傷情得很。一想到為離鏡和玄女穿針引線搭鵲橋那笨蛋還是我自己，更是傷情。一則是失戀的傷情，一則是做冤大頭的傷情。同離鏡相處的種種，連帶他送我的一干不值錢小玩意，全成了折磨我的心病。我輾轉反側，將它們燒個乾淨，卻是難以紓解。飲酒消愁比燒東西要中用些，於是在崑崙墟的酒窖裡大醉了三日。
醒來時，正靠在師父懷中。
墨淵背靠一只大酒缸坐著，右手握一只酒葫蘆，左手騰出來攬住我。
見我醒來，皺了皺眉，輕聲道：「喝這麼多酒，要哭出來才好，鬱結進肺腑，就可惜我這些好酒了。」

我終於抱著他的腿哭出來。哭完了，仰頭問他：「師父，您終於出關了，傷好了嗎？有沒有落下什麼毛病？」

他看我一眼，淺淺笑道：「尚好，不需要你將自己燉了給我做補湯。」

我同離鏡那一段，實打實要算作地下的私情。

眾位師兄皆以為我愛的是玄女，因玄女被離鏡拐了，才生出許多愁思，恁般苦情。這委實是筆爛帳。

只有墨淵看得分明，揉了我的頭髮淡淡道：「那離鏡一雙眼睛生得甚明亮，可惜眼光卻不佳。」

墨淵出關後，接到了冬神玄冥的帖子。

玄冥上神深居北荒，獨轄天北一萬二千里的地界。此番要開個法會，特派了使者守在崑崙墟，延請墨淵前去登壇講道。

因墨淵乃是創世父神的嫡子，地位尊崇，四海八荒的上神們開法道會，皆免不了將他請上一請。

墨淵拿著帖子虛虛一瞟，道：「講經布道著實沒趣，玄冥住的那座山還可以攀爬攀爬，小十七，你也收拾收拾與我同去。」

我便樂顛樂顛地回房打包裹。

大師兄跟著一道，在門口提點我：「以往師父從不輕易接這種乏味帖子，此番定是看你寡歡，才要帶你去散一散心。十七，師兄知道你心裡苦，然師父鎮日諸事纏身，百忙裡還要抽空來著緊於你，未免勞累。你也這般大了，自然要學著如何讓師父不操心，這才是做弟子的孝道。」

我訥訥點一回頭。

北荒七七四十九日，我大多時候很逍遙。

沒墨淵講經時，便溜了漫山遍野晃蕩。輪到墨淵上蓮台，便混跡在與會的神仙堆裡嗑瓜子打瞌睡。

墨淵素來以為法道無趣，論起來卻很滔滔不絕，是以許多神仙都來同他論法。諸如輪迴寂滅人心難測之類，墨淵每每大勝。令人唏噓。

如此，我幾乎將離鏡之事拋於腦後。只是到夜深人靜時，免不了夢魘一兩回。

玄冥上神的法道會做得很圓滿。

法道會結束，墨淵領我在北荒又逗留三日，才拾掇拾掇回崑崙墟。

方回崑崙墟，便聽說鬼族二皇子娶妻的消息。婚禮大肆操辦，鬼族連賀了九日。

大紫明宮與崑崙墟早已交惡，自是不能送上帖子。只大嫂來信說，她娘親甚滿意這樁婚事，玄女虧我照顧了。

我白淺也不是那般小氣的人。離鏡縱然負了我，左右不過一趟兒女私情，千千萬萬年過後，自當有肆然的一天，相逢一盞淡酒，同飲一杯也是不難。

只是，莫出後來那些事。

墨淵來救我和令羽的那夜，將擎蒼傷得不輕。離鏡大婚第三月後，擎蒼大約終於將養好傷勢，立時以墨淵奪妻為由發兵叛亂。

這委實不是個體面藉口。尚且不說墨淵來劫人時，他還未同令羽行禮拜堂，算不得什麼夫妻。然那名目雖拙劣，竟也說服了鬼族十萬將士。擎蒼為了表決心，還另為離鏡選了個鬼族的女子，把剛娶進門不久的玄女抽了一頓，鮮血淋淋送上崑崙墟來。

大師兄本著慈悲為懷的好心腸，一條花毯子將玄女一裹，抱進了山門。

墨淵睜一隻眼閉一隻眼，對這樁善事只作不見。

一眾鬼將已行到兩族地界不過三十里，九重天上的老天君整整派了一十八個小童前來催請，墨淵才將他那套壓箱底多年的玄晶盔甲取出來刷了刷灰，淡淡道：「擎蒼既拿我做了名目，我又是司戰的神，少不得要與他鬥上一鬥。小十七，你把這套盔甲拿去翻檢翻檢，畢竟放的年成久了些，怕是有個蟲子蛀了就不太好。」

老天君十分歡喜，與了墨淵十萬天將，天門上灑了三杯薄酒，算送了征。我們一行十七個師兄弟，各在帳下領了職。

那是我此生所歷的第一場戰爭，開始到結束，整九九八十一日。

九九八十一日，烽火連天，硝煙瀰漫。墨淵是不敗的戰神，這場戰爭原可以結束得快捷些，可在鬼族兵敗山倒之時，玄女卻暗暗將天將們的陣法圖偷出去渡給了離鏡。才始知當初玄女被休本是他們使出的一個苦肉計，可嘆大師兄竟救了玄女，將一條白眼狼引入崑崙山門。

墨淵耗了許多氣力補救，大傷元神。趁著鬼族還未將那七七四十九道陣法參詳通透，又領著天將們一路急攻，將鬼族三萬殘將圍在若水。

我那時很是愚蠢，從未想過，縱然墨淵有超凡的本事，替我挨的那三道天雷卻也不是玩笑，怎可能在短短幾月內便將養完整。

但凡我那時有稍微的懷疑，最後便不該是那般結局。

可他裝得很好，一直裝得很好。

最後一戰，兩軍排在若水兩岸，千百里長空烏雲洶湧翻騰。

我以為到此為止，事情已基本無甚懸念，要嘛鬼族遞降書，要嘛等著滅族。卻不想擎蒼半途祭出東皇鐘。東皇既出，萬劫成灰，諸天滅噬。一等一的神器，一等一的戾器。

擎蒼笑道：「只要我還是鬼族的王，便萬萬是不能降的，天地也該變上一變了，此遭有八荒眾神同我作伴，我也不冤。」

我那時卻很放心，因想著雖然東皇鐘是個毀天滅地的器物，可到底是墨淵做出來的，他自是有力量輕鬆化解。

我並不知墨淵那時已是勉力支撐。縱然東皇鐘是他造的神器，他亦已無法駕馭。要抑住東皇鐘的怒氣，只有在它尚未完全開啟之時，尋個強大的元神生祭。

東皇鐘瞬時在擎蒼手中化成若干倍大的身形，上界的紅蓮染成熊熊業火。

如今，我尚記得墨淵倒提軒轅劍全力撲過去抱住東皇鐘的情景。鐘身四周爆出血色一般豔紅的光，穿過他的身體。越來越盛的紅光中，他突然轉過頭來，輕輕掀動唇角。

後來，擅長唇語的七師兄與我們說，師父臨終之時，只留了兩個字，他說：等我。

墨淵是東皇鐘的主人，自是沒人比他更懂得東皇鐘內裡乾坤。被鐘體噬盡修為之前，墨淵仍強撐著施了術法，拚著魂飛魄散，硬是將擎蒼鎖進了東皇鐘。如此，即便祭出了八荒神器之首，鬼族亦沒討到半分便宜。

鬼君既已被鎖，他此遭帶出來做將軍的大兒子領著三萬殘部在十萬天軍跟前抖得篩糠一般，急急遞上降書。

四師兄說，彼時我抱著鮮血淋漓的墨淵，血紅著一雙眼，抵死不受那鬼族大皇子的降書。十指緊扣著手中的摺扇，口中發狠唸叨，若師父沒救了就要天下人都來陪葬。差點誤了九重天上老天君的大事。

幾個師兄實在擔心，不得已將我敲昏，並師父的遺體，一同好生帶回崑崙墟。

四師兄以為那時我真正似個土匪，我卻委實沒印象。只記得一夜醒來，同墨淵並躺在一張榻上，一雙手緊緊扣住他的十指，他卻沒呼吸。

鬼族之亂如此便算了結了。聽說緊接著大紫明宮發起一場宮變，大皇子被囚，二皇子離鏡藍袍加身，登上了君座之位。繼位當天，與老天君呈了他那園子裡最稀罕的一朵寒月芙蕖做貢品。

老天君派了一十八個上仙下界，說是助我十七個師兄弟料理墨淵的後事。我蓬頭散髮，也不知哪來的法力，一把摺扇就將這十八個上仙統統趕出了崑崙墟。

七師兄寬慰我，與我道：「師父他雖已仙去，但既是他親口許下承諾來讓我們等他，指不定存好師父的仙體，他便真有一日能回來呢？」

我如同溺水之人終於抓住了一根稻草。

要保住墨淵的仙體並不很難，雖四海八荒其他地界的不瞭解，然整個青丘的狐狸怕都知曉，九尾白狐的心頭血恰恰有此神效。尋一頭九尾白狐，每月取一碗它的心頭血，將墨淵的仙體養著便好。

因墨淵是個男神，便須尋頭母狐狸，才是陰陽調和。可巧，我正是一頭母狐狸，且是頭修為不錯的母狐狸，自是當下就插了刀子到心口，取出血來餵了墨淵。可那時我傷得很重，連取了兩夜心頭血，便有些支撐不住。

這其實也是個術法，墨淵受了我的血，要用這法子保他的仙體，便得一直受我的血，再不能找其他的狐狸。

我愁腸百結。恰此時聽說鬼族有一枚玉魂，將它含在口中便能讓墨淵的身體永不腐壞。只是那玉魂是鬼族的聖物，很是難取。

我顧不得對離鏡的心結，只巴望著他尚能記住當初我與他的一點情誼，將這玉魂借我一借。縱然他們鬼族是戕害墨淵至此的罪魁禍首，然戰場之上，誰對誰錯本也不能分得太清。

彼時我是何等的做小伏低。

輝煌的大紫明宮裡，座上的離鏡打量我許久，做了鬼君之後，確是要比先前有威嚴得多了。

他緩緩與我道：「這玉魂雖是我鬼族的聖物，以本君與上仙的交情，也實當借上仙一借，奈何宮裡一場大變，玉魂也失了一段日子了，實在對上仙不住。」

我仿似晴天裡被個霹靂生生劈上腦門，一時六神無主。

渾渾噩噩走出大紫明宮，卻遇上一身華服的玄女。她矜持一笑：「司音上仙遠道而來，何不歇歇再走，如此，倒顯得我大紫明宮招待得很不周。」

我雖厭惡她，那時卻心力交瘁，沒工夫與她虛耗，繞了道，繼續走我的。她卻不識好歹，一隻手橫到我面前，軟聲道：「上仙此番，可是來求這枚玉魂的。」那瑩白的手掌上，正躺了只光暈流轉的玉石。

我茫然抬頭看她。她咯咯地笑：「前日，君上將它賞給了我，讓我熨貼熨貼身上的傷痕。擎蒼的那頓鞭子可不輕，到現在還有好些痕跡落下呢。你知道，女孩家身上多出來這些傷，終究是不好的。」

女孩家身上落些傷，的確不好。我仰天大笑三聲，使個定身法將玄女堪堪定了夾在腋下，祭出摺扇來，一路打進離鏡的朝堂，將玄女右手掰開來，正正放到他面前。

他那一張絕色的臉唰地變得雪白，抬頭看我，嘴張了張，卻沒言語。

我將玄女甩到他懷中，往後退到殿門口，慘笑道：「司音一生最後悔之事就是來這大紫明宮遇見你離鏡鬼君。你們夫婦一個狼心一個狗肺倒也真是般配。從此，司音與你大紫明宮不共戴天。」

那時我年少氣盛，沒搶玉魂，又一路打出大紫明宮。

回到崑崙墟，見著墨淵益發慘淡的顏色，也沒更多的辦法好想。

黃昏時候，偷偷從丹房裡取出來一味迷藥，拌在師兄們的飯食中。

入夜，趁他們全睡得迷糊，偷偷背著墨淵下了崑崙墟，一路急行，將他帶回了青丘。

青丘正北有座楓夷山，是座小山。半山腰有個靈氣匯盛的山洞，阿爹給起的名字，喚作炎華洞。我將墨淵放在炎華洞的冰榻上，因擔心自己將血取出來，萬一沒力氣端來餵他可怎麼辦，乾脆躺到他旁邊去。

墨淵渾身是傷，須得日日飲我的血，直至傷好，再一月一碗的量。

我實在不曉得還能為他取幾夜心頭血，只想著若我死了，他便也回不來了。我兩個葬在一處，冥司裡也好作個伴，便將他帶來了炎華洞。這洞本是天劫前，我為自己選的長眠之所。

如此，又過了七天。

我本以為自己再活不成了。眼睛睜開，卻見著紅腫了眼泡的阿娘。

阿娘渡給我一半修為，我算撿回來一條命。也回復了女身。

添了阿娘的照拂，我這廂雖仍需日日往胸口捅一刀，以取心頭血來餵食墨淵，卻也不見得多辛苦了，只是還不能下地。

阿娘深恐我煩悶，特地從折顏處順了許多書籍放在洞中，供我遣懷。

我才知道，當初將墨淵偷出崑崙墟這行徑竟為難了許多編撰天史的神官。他們要為墨淵立個傳來彰他的功德，可立到最後卻無從考證他的仙骨遺蹤，平白讓墨淵成了仙籍寶菉中唯一一個有所來卻無所去的神仙，也不曉得要引後輩的神仙們嚼多少舌根。

後來折顏到青丘探望我，亦說起這件事。他攏了衣袖微微笑道：「現今四海八荒正傳得熱鬧，說什麼的都有，晉文府中有幾個拿筆頭的小仙竟猜測妳同墨淵是生了斷袖情，奈何卻擔了師徒名分，於禮不合。於是墨淵故意詐死，好與妳雙宿雙飛。若事情如此倒也有幾分道理，所以我巴巴過來看上一看。」

我哭笑不得。晉文是司文的上神，手中握的乃是修繕神族禮法的大權。他府中養的神仙們自是制定神族禮制的幕仲，卻開明博大至斯，實在教人敬仰。

據說崑崙墟的師兄們找了我幾千年，可誰也料不到我竟是個女仙，且是青丘白家的白淺，自然無果而終。

到如今，擺在九重天上最正經的史書是這麼記載的：「……皓德君六萬三千零八十二年秋，鬼族之亂畢，父神嫡子墨淵君偕座下十七弟子司音雙雙歸隱，杳無所蹤……」

總算沒記下是我偷了墨淵仙體這一段，算與我留了個體面。

活得太長，舊事一回想起來就沒個盡頭。

離鏡已跨過竹橋行到我面前，我才恍然省起現今是跌在一個大洞裡，正撞上這一輩的鬼君同個女妖幽會。

他一把握住我的手，澀然道：「阿音，我尋你尋了七萬年。」

我斜眼覷了覷那仍在草亭裡立著的女妖，大惑不解。只聽說債主追著負債的跑，倒沒聽說哪個負債的天天跑去債主跟前晃蕩，還一遍遍提醒別人你怎麼不來問我討債。而怎麼算，我與離鏡兩個，都是他欠我比較多。

我掙開手來，往後退一步。他卻又近前一步，直直將我盯著：「你男子的樣貌就很好，卻為何要做這樣女子的扮相。阿音，你是不是還在怨我？你當年說與大紫明宮不共戴天，你可知道我……」

我攏了攏袖子，勉強一笑：「鬼君不必掛心，不過是一時氣話，如今鬼族神族處得和樂，老身也不是白活了這麼多年歲，道理還是懂一點的，萬不會無事生非來擾了你大紫明宮的太平。你我便井水不犯河水吧。」

他愣了一愣，急道：「阿音，當年是我負了你，因你不是女子，我便，我便……這七萬年來，他們都同我說，說你已經，已經……我總是不相信，我想了你這麼多年，阿音……」

我被他幾句阿音繞得頭腦發昏，怒道：「誰說我不是女子，睜大你的眼睛瞧清楚，男人卻是我這般的嗎？」

他要來拉我的手驀然停在半空，良久，啞然道：「妳是女子？那當年，當年妳……」

我往側旁避了一避：「家師不收女弟子，家母才將我變作兒郎身。鬼君既與我說當年，我就也來說說當年。當年鬼君棄我擇了玄女，四匹麒麟獸將她迎進大紫明宮，連賀了九日，是為明媒正娶……」

他一揮手壓斷我的話：「妳當年，心中可難過，為什麼不同我說妳是個女子？」

我被他這麼一岔，生生將方才要說的話忘乾淨，掂量一番，如實答他：「當年大抵難過了一場，如今卻記不大清了。再則，你愛慕玄女，自是愛慕她的趣味品性，難不成只因了那張臉。我同你既已沒了那番牽扯，說與不說，都是一樣的。」

他緊緊抿著嘴唇。

我只覺得今夜真是倒霉非常，看他無話可說，匆匆見了個禮，轉身捏個訣乘風飛了，順便隱了個形，免得再遇上什麼糾纏。

只聽他在後面慌張喊著阿音。
可世上哪裡還有什麼阿音。

第七章　不速之客

三哥三嫂不在府中。

留下看洞的小仙童正三兩個一團蹲在洞門口鬥蛐蛐兒。領頭的雲生見我來了，眉開眼笑與我揮手道：「姑姑多年不來串門子，此番卻真是不巧得很呢，夫人眼下正離家出走，殿下昨日也坐了白額虎尋她去了。姑姑若是不嫌棄，且讓雲生好生招待一下您老人家！」

我默了一默，他夫妻兩個已然把一個跑一個追當作了一門天大的情趣，幾萬年也樂此不疲。我確實有些餓，讓雲生備了些吃的來。用過一頓早飯，順手將兩壺添了水的桃花醉託給他，又仔細叮囑兩句，便招來朵祥雲乘著回青丘了。

半道上路過夏州，想起天吳的墓地正在此處，順道去拜了一拜。

遠古神祇容貌大多出眾，天吳是個異數。容貌既不出眾，便在數量上彌補，是以他有八顆人頭。我當年還在崑崙墟學藝時，和他交情很不錯，奈何其後遠古神祇應劫，他也葬身在荒火天雷之中。聽說他應劫之事，我急慌慌從青丘趕來夏州，他卻已只留了一副白骨。

因在夏州耽擱了半日，回到青丘已是正午。

我兩隻腳剛著地，便見一個油綠油綠的小人從阿爹阿娘的狐狸洞裡鑽出來。迷穀一副奶媽嘴臉跟在一旁，十分著緊：「小殿下，你可慢些，慢些。」

我揉了揉眼睛。

小人已經呼啦一聲撲到了我腳邊，眼中含了一包淚，甚委屈嚷道：「娘親，妳說話不算話，明明昨天說好了要同我們一道回天宮的！」

迷穀垂了眼睛看地，時不時來覷我，想是忍了許多話要說。

我瞪他一眼，揮了揮袖子允了。

他雙手一揖，拜在一旁：「迷穀萬死，姑姑命迷穀好生守著青丘，奈何迷穀的本事對付個把小仙尚可，天族的太子殿下大駕，就委實有些攔不住。況且太子殿下還送來了姑姑的孩兒，看在小殿下的分上，便只得讓太子殿下也入了青丘，卻事先沒能向姑姑請個旨意，還請姑姑責罰。」

我一愣，夜華君也來了？難道昨日我在他會佳人時鬧了一場，他今日特地跑來找我討說法？

昨日我奔得急，也不知他同繆清公主最後如何收場。不過繆清對他一往情深，即便我腦子發昏受他兒子煽動去鬧了他一鬧，若他真心想將她拿下，也是不難。他此番巴巴來找我晦氣，就未免忒小氣了。但我還是情不自禁地打了個哆嗦。

小糯米糰子抱住我右手，揚起頭來嘟嘴道：「父君說娘親不願同我們回去，是怕一時住不慣天宮。這卻沒什麼，我和父君搬來與娘親同住便是。只要有娘親在，阿離是哪裡都住得慣的。」

我被他這話震得頭暈，臉色恐不是那麼好看地道：「你說你要同我一起住？你父君也要來同我一起住？」

小糯米糰子天真活潑地點了點頭。

迷穀善解人意地一把扶住我，在我耳邊低聲道：「姑姑，要淡定。」

也是有這種先例的。

據說如今的天君在做太子時很風流，老天君為他定了本家的表姐做太子妃，天君不滿意，老天君一紙天旨下來，將他發派去了他姑母府上禁閉。天君在他姑母府中住了一月，竟與他表姐生出情意來，方回天宮便成就好事。是為一樁美談。

這麼看來，夜華君他要來我青丘小住，乃是名正言順，沒誰能駁了他去。

可嘆他這趟卻只像是個來找我麻煩的形容，思及此，本上神，有些憂慮。

據說夜華將小糯米糰子甩給迷穀便先回了天宮，他倒很放心。

既然將來要繼天君的位，轄四海八荒的神仙，鎮日裡瑣事纏身才與他的位分相宜。他既預定要來我青丘小住，看來回去還很有一番需要打點。

小糯米糰子看了看天色，眼巴巴將我望著：「娘親，阿離有些餓了。」

狐狸洞已好幾日不曾開伙，我轉身向迷穀道：「你那裡可曾留些飯食？」

迷穀赧然道：「不，不曾。」

我奇道：「鳳九最近不是做了你飯搭子，日日來給你做飯嗎，難不成回她爹娘的洞府了？」

他神色鬱鬱：「半年前她說要去凡間報一趟恩，早拾掇拾掇走了，許久不曾回來，天曉得是不是被她那恩人羈留住了，怕下次她回來，手邊卻要牽個小狐狸崽子。」

我點頭唔了一唔。

小糯米糰子怕是曉得一時半會兒找不到飯吃，一雙眼睛益發水汪汪。

這麼一兩日處下來，我倒也略摸出他一些脾性。雖做出一副可憐相，他卻斷斷是不會哭出來的，只把那淚花兒包在眼眶裡，教你心裡貓抓似地撓啊撓，恨自己不是人啊，怎的如此虐待他啊。

縱然我其實並沒有虐待於他。

一旁的迷穀先招架不住，趕緊牽了糯米糰子的手哄道：「哥哥這便領你去吃東西，小殿下喜歡吃枇杷嗎？」

我嘴角抽了抽，小糯米糰子現今不過兩三百歲，迷穀今年卻已整十三萬七千歲，倒好意思稱他自己哥哥，老不要臉的。

我尾隨他二人來到東邊市集上。

販果品的小仙們甫見我都停下手中活計，恭順地喚聲姑姑，很知禮數。

其間不乏鶴髮雞皮的老人家，當然與我比起來，他們尚算年幼，然糯米糰子卻很不樂意，特地跑去一棵賣松子的松樹仙跟前，扠了小肥腰很認真地問人家：

「我娘親這樣年輕美貌，你做什麼要將她叫得這麼老氣呢？」

松樹仙張大一張嘴半天合不攏：「姑姑，姑姑什麼時候添了個小娃娃？」

我抬頭望了一回天，道：「昨兒個添的。」

今年枇杷豐收，一摞一摞壘在竹筐裡，呈於市井上，煞是可愛，看得糯米糰子歡天喜地。

竹筐後面種枇杷的小仙們卻不像糯米糰子一般歡天喜地。今年既是枇杷的豐年，他們的枇杷便只能拿來賤賣，自然高興不起來。

迷穀貨比三家，看了半天，又挨個嘗了嘗，指著一只墨綠的竹筐與我和糯米糰子道：「就在這一家挑半筐吧。」

迷穀擇果品菜蔬的水準是鳳九親自調教出來的，我自然對他信任得很，點了點頭，蹲在竹筐跟前，開始細細挑選。

小糯米糰子跑到我對面，小胳膊小腿地也來學我。奈何他人太小，一蹲下去便被竹筐子擋個嚴實，才又不情不願哼唧哼唧地磨起來，踮著腳趴在筐沿邊上，拿一個枇杷裝模作樣看半天，又拿　個裝模作樣地看半天。

正挑得興起時，半路上突然斜插進來一隻手，骨節甚分明，也甚修長。我以為是迷穀，往旁邊讓了讓，卻不想他偏來與我作對，專搶我手裡已挑揀出來的。我才覺著不對，順著那玄色的衣袖往上看。糯米糰子他爹，此番原應在九重天上仔細打點的夜華君，正彎了腰，笑盈盈看著我。

他那一張臉笑成那個樣子，真是十分要命。

我雖然不大想他來青丘做客，但人已經來了，縱然是個不速之客，我青丘卻素來是個禮儀之邦，自然不應當與他計較，須得拿出點做主人的風度來，以防被人輕看了去。

想到此處，收回手亦盈盈然笑了回去：「唔呀，原來是夜華君，吃了沒有，今中午我們吃枇杷，沒吃就同我們一道吧！」

夜華臉上的笑容僵了一僵，頗嫌棄地翻了翻手中幾個果子，道：「阿離正是長身體，妳就給他吃這個？」

我順手捏了捏糯米糰子的臉，問他：「你喜歡不喜歡吃這個？」

糯米糰子扭捏地點了點頭，小聲道：「喜歡……」

夜華沒言語，撐著額頭盯了我半晌，一把拽過我的手：「這附近哪裡能找到些肉食菜蔬之類？」

我呆了一呆，已被他牽著走了，後面迷糓抱著小糯米糰子急急朝我喊：「姑姑，這半筐子枇杷倒是要還是不要？」

夜華走得快，我搖搖晃晃與他揮手：「要，挑了半天，白白地便宜了旁人，怎麼不要？」

今日這趟集趕得好。

不多時，東南西北四個市都曉得，有個長得不錯的男人帶了個小娃娃住到了他們君上的洞府中，那白胖胖的小娃娃喚他們姑姑作娘親，喚那男人父君。

青丘太平久了，連四哥的坐騎畢方鳥走失這樁事，也夠這些小仙散仙地根仙嚼三年舌頭。這廂得了我這件八卦，他們歡喜得不知如何是好。北市上打魚的一頭灰狼竟將一簍子魚齊齊送了我，呵呵道：「幾條魚罷了，幾條魚罷了，姑姑燉了，多將養將養身子。」

夜華接過簍子抿嘴笑道：「顧看兒子不容易，是要好好與她補一補。」

灰狼摸著頭酣傻地笑了。

他們這一唱一和得我甚莫名，補你個頭啊補。

待回到狐狸洞，小糯米糰子吃枇杷已吃到打嗝，迷穀正賢慧地拿了把笤帚掃地上的果皮。

夜華自顧自倒了杯冷茶，與我道：「去做飯吧。」

我淡然瞟了迷穀一眼，亦坐下來倒了杯冷茶。小糯米糰子鼓著一個小肚子伸手同我撒嬌：「娘親，我也要。」我便順手將那杯冷茶與他飲了。

迷穀苦著一張臉抱了笤帚立在一旁：「姑姑，妳老人家明知道……」

我淡然寬慰他道：「凡事都有第一次，天雷你都歷了的，還怕這個嗎？我看好你喲。」

他不甘不願入了灶間。

夜華托腮看我半日，低低笑道：「我真不明白妳，明明青丘是仙鄉，卻讓妳治理得如同凡世。男耕女織的，倒不見半點仙術道法的影子。」

他既沒半點做客人該有的自覺，我也不需硬撐著主人的體面，懶洋洋笑道：「若什麼都用術法來解決了，做神仙還有什麼意思。這樣他們已覺著很是無聊了，我正琢磨擇個時候為他們備個戰場，讓他們意思意思打幾場仗娛樂身心，免得悶壞了。」

茶杯往桌上一磕，「嗒」的一聲。他似笑非笑道：「這倒很有趣，若真有那時候，需不需我遣幾員天將來助一助妳？」

我正預備欣欣然應了，灶間卻突然傳出來「砰」的一聲。

迷穀蓬頭垢面立在洞門口，手上還抄了柄碩大的調羹，幽怨地看著我。

我啞了半晌，探過身子與夜華商量：「左右糯米糰子已吃得打嗝了，我們三個成年的神仙，不吃東西倒也不打緊，這一頓，先算了吧。」又轉身凜然與迷穀道，「速去凡界將鳳九給我召回來。」

迷穀抱著調羹拱手：「那知會她個什麼名目呢？」

我想了想，慎重道：「就說青丘出了了不得的大事。」

話還沒吩咐完，便被夜華拖了往灶間走：「添個柴燒個火，妳總會吧？」

小糯米糰子摸著肚子半躺在一張竹椅裡將我們看著，翻個身，呼呼睡了。

事情發展到如今這個地步，真是神奇。

我與這位夜華君認識不過兩天，眼下他卻能挽起袖子身姿瀟灑地站在我家灶台前炒菜，還時不時囑咐我一兩句「柴多了，少放些」或者「火小了，再添些柴」之類。

恍然想起小糯米糰子說他親娘是東荒俊疾山上的一個凡人。唔，大抵夜華君如今揮得這一手好鏟子，是他那薄命跳下誅仙台的先夫人教的也說不定。

看他一隻手湯杓一隻手鏟子舞得出神入化，我欽佩得不能自已，發自肺腑讚嘆道：「這是先夫人教你的吧，先夫人委實好廚藝！」

他卻愣了愣。

我方才想起，他那夫人早已魂飛魄散，現今這麼提起來，豈不是揭人傷疤。

火苗子滋滋舔著鍋底。

我嚥了口唾沫，默默往灶膛裡多添了把柴火。

夜華將菜盛起來，古怪地看了我一眼，淡然道：「她同妳一般，只會在我做飯時生個火加個柴罷了。」我訕訕地，不好接什麼話。他轉過身又去盛湯，輕嘆了一句：「也不知遇到我之前，在俊疾山那破地方是怎麼活下來的。」

本是他自言自語，卻便宜了我這雙耳朵。這聲嘆息低且沉緩，無端將人勾得傷感。

夜華做了三個菜一盆湯。

迷糓已收拾乾淨，我便招呼他坐下同吃。

夜華將糯米糰子搖醒，又強灌了他許多東西。小糯米糰子鼓著腮幫子，氣呼呼道：「父君再要餵，再要餵阿離就變皮球了。」

夜華慢條斯理地繼續喝方才那杯涼茶，道：「吃成個皮球倒好，回天宮時我也無須帶著你騰雲，只需將你團起來滾上一滾，許就滾進你的慶雲殿了。」

小糯米糰子立刻伏到我的膝頭假哭：「嗚嗚嗚嗚嗚，父君是壞人。」

夜華放下茶杯，拿起一個碗來從湯盆裡盛魚湯，似笑非笑與糯米糰子道：「如今你倒找了一座好靠山。」然後將滿碗的魚湯推到我面前，柔聲道，「來，淺淺，妳要多補一補。」

迷糓一口飯嗆住咳個沒完。

我雙眼泛紅將糯米糰子從膝頭上扶起，微笑地端起面前那碗湯，道：「乖乖，再來喝一碗。」

夜華的手藝很不錯，雖不待見那道魚湯，其他三個菜，我吃得倒挺愉快。午飯用得舒坦，連帶心情也開闊不少，是以夜華要我在狐狸洞幫他闢出個書房來處理公文，我應得十分痛快，將三哥以往住的鄰湖的廂房拾掇拾掇就給他了。

我原以為夜華此番是來找我算帳，沒想到半月下來，東海水晶宮的事，他卻提也沒提。

每日大早，名喚伽昀的一個小仙便來敲門，拿走夜華日前處理好的公文，再帶來些待批的新公文。

據說伽昀是夜華案前司墨的文官，做事情很盡職盡責。

起初我還每日趿拉著鞋子去給伽昀仙官開門，次數多了，這小仙官不好意思，我便再不關狐狸洞，只在洞口設了個禁制，教了伽昀小仙過禁之法，這才重得安眠。

夜華大多時關在新闢出的書房中處理公文，早上將我拉出去散一散步，傍晚用過晚飯再拉我去散一回，夜裡時不時還會找我去書房同他下一兩局棋。我呵欠連天被他煩得沒奈何，有幾次下到一半便伏在案上睡著了。他卻也不來提醒提醒，乾脆一同和衣趴在棋案上就這麼睡了。

想那伽昀仙官來取公文，看到這副情景，定免不了生些邐思。

一個盡職盡責的神仙，並不代表他就是個不愛八卦的神仙。

可嘆直到天宮裡那位素錦側妃已派了仙娥到我青丘的谷口前再三催請夜華，我才悟得這一點。

因了迷轂的緣故，我未有幸見得那位仙娥。

只聽當時一眾看熱鬧的小仙嘻哈道，那仙娥緇衣飄飄，衣裳料子不錯，臉卻生得尋常。迷轂將她攔在青丘谷口，她甚倨傲與迷轂道：「我家娘娘也不是不能容人的人，況且還是未來的帝后。娘娘派我來，全是一片好心，白淺上神尚未同太子殿下行禮成婚，便交頸而臥終日纏綿，終是不太妥當，就連當年的天君，也不似這樣。再則繆清公主方被請上天宮，太子殿下也不該冷落了她。」

青丘本就民風曠達，不成婚便有了小娃娃也沒甚新鮮，何況只是交頸而臥。一眾小仙自是將這當作個笑話，沒等迷轂開口，已將那仙娥打了出去。

我將她那篇話在心中掂量一番，除了交頸而臥、終日纏綿有些失實，其他說得也不無道理。因搞不清夜華做什麼要在我這裡待這麼久，正好尋了這個因由，將此事放到他跟前提了提。

他正開了窗立在書案前臨湖塘中的蓮花，聽我這麼一說，皺眉道：「我想來妳這裡住便來妳這裡住，左右妳才是我的妻子，旁的人管得著嗎？」

我呆了一呆，經他這麼一提，才實打實重想起來，面前這夜華君，他的的確確是天君老兒紅口白牙許給我的夫君。整整小了我九萬歲的，呃，那個夫君。

我哦了一聲，回他道：「若我也是在正經的年紀成婚，現下孫子怕也有你這麼大了。」

他拿筆的手頓了頓，我斜眼一瞟桌案上那張宣紙，真是力透紙背的好筆法啊好筆法。

他默然不說話，放下筆來定定望著我，一雙眸子極是冷淡。

我哈哈乾笑了兩聲，轉移話題道：「聽那仙娥說，你將東海的繆清帶上天宮了？」

這話題看來轉得不好。

我單以為男人都熱衷討論女人。當年我做崑崙墟小十七時，每每惹了大師兄生氣，一與他聊起哪家貌美的女神仙，總能輕易化解他的怒氣。卻忘了此番我已不再是當年崑崙墟上兒郎身的小十七，縱然男神仙們也熱衷於討論女神仙，卻定然不願同一個女神仙聊起另一個女神仙。想必，又是我唐突了。

哪知男人心海底針，方才還十分鬱鬱的夜華，聽聞此語淡淡然看我一眼，又重新拿起筆來蘸滿墨汁，嘴角勾起來一絲笑紋，道：「站到窗邊去，對，竹榻前，唔，還是躺下吧，將頭髮理一理，擺個清閒點的姿勢。」

我木木然照他說的做完了，才省起他原是要為我做幅丹青。

他翩翩然畫了一會兒，忽然道：「那繆清死活不願嫁西海的二皇子，她此前照顧我和阿離良多，我便將她帶回天上做個婢女。待她哪天想通，再將她放回去。」

我傻了一會兒，沒想到他卻說了這個。

他抬起頭來，眉眼間頗有些溫情，緩緩道：「還有什麼想要與我說，一道說了吧。」

我的確有話要同他說：「手麻了，可以換個姿勢不？」

他愣了一愣，忽然笑了一聲，又畫了幾筆，才道：「隨妳。」

我最終在竹榻上睡著了。

一覺醒來，天已擦黑。身上蓋了件漆黑的外袍，像是夜華的，他人卻不曉得去了哪裡。

第八章　阿離生辰

第二日大早，我從床上爬起來將自己簡單洗漱了，捧了半杯濃茶，邊喝邊艱難向洞門口挪，等夜華來拖我陪他去林子裡散步。也不知他這是個什麼癖習，每日清晨定要去狐狸洞周邊走上一遭，還死活拉上我，教我十分受罪。

狐狸洞四圍其實沒什麼好景致，不過幾片竹林幾汪清泉，走個一兩回尚可，多幾趟未免乏味。可這麼十天半月走下來，他卻仍能樂此不疲興致勃勃，也不曉得是為了什麼。

踱到洞門口，聽外面淅淅瀝瀝的，方知今日落雨。我強忍住心花不怒放出來，將茶杯往洞口旁的桌案上一擱，樂顛樂顛地打道回廂房睡回籠覺。

也不過剛剛有些睡意，便察覺不緊不慢的腳步聲。

我睜開眼望著立在床前的夜華，沉痛道：「今日不知哪方水君布雨，出門恐淋壞了夜華君，暫且在洞裡好生待一日吧。」

夜華唇邊噙了絲笑，沒接話。

此時本該熟睡在床的小糯米糰子卻呼地從夜華身後冒出來，猛撲到我床榻上。今日他著了件霞光騰騰的雲錦衫子，襯得一副白嫩嫩的小手小臉益發瑩潤。我被這花裡胡哨的顏色晃得眼睛暈了一暈，他已摟了我的脖子，軟著嗓子糯糯撒嬌：「父君說今日帶我們去凡界玩，娘親怎的還賴在床上不起來。」

我愣了一愣。

夜華順手將搭在屏風上的外袍遞給我，道：「所幸今日凡界倒沒有下雨。」

我不知夜華他在想什麼。

若說凡界他不熟，須得人領，那拘個土地帶路便是。雖說我在崑崙墟學藝時隔三岔五便要下一趟凡，卻從不記路，愣要我一同去，委實沒那個必要。然，小糯米糰子一雙忽閃忽閃的大眼睛水盈盈將我望著，我也不好意思再尋什麼託詞。

騰下雲頭，我搖身一變，化作個公子哥兒，囑咐小糯米糰子道：「這幾日你便喚你父君阿爹，喚我做個，呃，做個乾爹吧。」

小糯米糰子不明所以，然他素來聽我的話，眨了眨眼睛，乖乖應了。

夜華還是那副模樣，只將外袍變作了如今凡界的樣式，看著我輕笑一聲：「妳這麼，倒是很瀟灑。」

終歸有兩萬年本上神都活得似個男子，如今扮起男子來自然水到渠成。

我拱起雙手與他還個禮，笑道：「客氣客氣。」

此番我們三個老神仙青年神仙小娃娃神仙落的是個頗繁華的市鎮。

糯米糰子一路上大呼小叫，瞧著什麼都新奇，天族體面蕩然無存。夜華倒不多拘束，只同我在後面慢慢跟著，任他撒歡兒跑。

凡界的市集著實比青丘熱鬧。

我信手搖扇子，突然想起來問夜華：「怎的今日有興致到凡界來，我記得昨兒打早伽昀小仙官就抱來一大摞公文，瞧他神色，也不像什麼閒文書。」

他斜斜瞟我一眼：「今日是阿離生辰。」

我升調「啊」了一聲，啪地合上扇子，儼然道：「你也忒不夠意思，這般大事情，也不早幾日與我說。現今手邊沒帶什麼好東西，糰子叫我一聲娘親，他過生辰我卻不備份大禮，也忒教人心涼。」

他漫不經心：「妳要送他什麼大禮，夜明珠？」

我納罕：「你怎知道？」

他挑眉一笑：「天宮裡幾個老神仙酒宴上多喝了兩杯閒聊，說起妳送禮的癖好。據說妳這許多年積習不改，送禮從來只送夜明珠，小仙就送小珠，老仙就送大珠，倒也公平。但我以為縱然那夜明珠十分名貴，阿離卻人小不識貨，妳送他也是白費，不如今天好好陪他一日，哄他開心。」

我摸了摸鼻子，呵呵乾笑：「我有顆半人高的，遠遠看去似個小月亮，運到糰子的慶雲殿放著，保管比卯日星君的府邸還要來得明亮，那可是四海八荒獨一……」

我正說得高興，不意被猛地一拉，跌進夜華懷裡。身旁一趟馬車疾馳而過。

夜華眉頭微微一皺，那跑在車前的兩匹馬頓然停住，揚起前蹄一陣嘶鳴，滑得飛快的木輪車原地打了個轉兒。車伕從駕座上滾下來，擦了把汗道：「老天保佑，這兩匹瘋馬，可停下來了。」

方才一直跑在前頭的糯米糰子一點一點從馬肚子底下挪出來，懷中抱著個嚇哭了的小女娃。那女娃娃因比糰子還要高上一截，看上去倒像是被他摟了腰拖著走。

人群裡突然衝出個年輕女人，從糰子手裡奪過女娃大哭道：「嚇死娘了，嚇死娘了。」

此情此景無端令人眼熟，腦子裡突然閃過阿娘的臉，哭得不成樣子，抱著我道：「這兩百多年妳倒是去了哪裡，怎的將自己弄成這副樣子……」

我甩了甩頭，大約魔障了。即便當年我在炎華洞中差點同墨淵魂歸離恨天，阿娘也不曾那般失態，況且我也從未擅自離開青丘兩百多年。唔，倒是五百多年前擎蒼破出東皇鐘，同他一場惡戰後，我睡了整兩百一十二年。

糯米糰子噌噌噌跑到我們跟前，天真無邪地問：「阿爹，你怎的一直抱著乾爹？」

因才出了場驚嚇，原本熱鬧的街市此時清靜得很，襯得糰子的童聲格外清越。

街兩旁正自唏噓方才那場驚馬事件的攤販行人，立刻掃過來一堆雪亮雪亮的目光，我乾笑了一聲，從夜華懷中掙出來理了理衣袖，道：「方才跌了，呵呵，跌了。」

糯米糰子鬆了一口氣：「幸好是跌在了阿爹懷裡，否則乾爹這樣美貌，跌在地上磕傷臉，阿爹可要心疼死了，阿離也要心疼死了。」他想一想，又仰臉問夜華道，「阿爹，你說是不是？」

先前那一堆雪亮雪亮的目光瞬時全盯住夜華，他不以為意，微頷首道：「是。」

旁邊一位賣湯餅的姑娘神思恍惚道：「活這麼大，可教我見著一對活的斷袖了。」我啪一聲打開扇子，遮住半張臉，匆匆鑽進人群。小糯米糰子在後頭大聲喊「乾爹乾爹」，夜華悶笑道：「別管她，她是在害羞。」

害羞害羞，害你妹羞啊害羞。

……

近午，選在長街盡頭一座靠湖的酒樓用飯。

夜華挑揀了樓上一張挨窗的桌子，點了壺酒並幾個凡界尋常菜蔬。阿彌陀佛，幸好沒魚。

湖風拂過，令人心曠神怡。

等菜的間隙，糯米糰子將方才買來的大堆玩意一一擺在桌上查看。其中有兩個麵人，捏得很有趣。

菜沒上來，酒樓的夥計卻又領了兩個人上來同我們拼桌。走在前頭的是位身姿窈窕的年輕道姑，身後那低眉順眼的僕從瞧著有些眼熟。我略一回想，似乎是方才街市上駕馬的馬伕。

小夥計打千作揖地賠不是。

我以為不過一頓飯罷了，況且樓上樓下委實已滿客，便將糯米糰子抱到身旁同坐，讓了他們兩個位置。

那道姑坐下自倒了茶水，飲了兩口才看向夜華，唇動了動，卻沒說出話來。

倒怪不得她，此時夜華又是個冷漠神君的形容，全不復他抄了鏟子在灶台前炒菜的親切和順。

我幫糯米糰子將桌上的玩意一件一件兜起來。

那道姑又飲了一口茶，想是十分緊張，良久，總算將話完整地抖了出來。

她道：「方才集市上，多虧仙君相救，才教妙雲逃過一場災劫。」

我訝然看向她，連夜華也轉過臉來。

妙雲道姑立刻低下頭去，臉一路紅到耳根子。

這道姑不是個一般的道姑，竟能一眼看破夜華的仙身，且還曉得方才是夜華使了個術法救了他們。想是不過十數年，便也能白日飛昇，天庭相見了。

夜華掃了她一眼，淡淡道：「順手罷了，姑娘無須客氣。」

妙雲道姑耳根子都要滴出血來，咬唇輕聲道：「仙君的舉手之勞，於妙雲卻是大恩。卻不知，卻不知仙君能否告知妙雲仙君的仙號，他日妙雲飛昇後，還要到仙君府上重重報答這救命之恩。」

呃，這道姑，這道姑，她莫不是思春了吧？

此番，我突然想起崑崙墟收徒的規矩，不拘年齡不拘出身，只不要女仙。想是墨淵早年也頗吃了些苦頭，後來方悟出這麼個道理。

他們生的這張臉，委實招桃花得很。

夜華喝了口茶，仍淡淡地：「有因才有果，姑娘今日得了這好的果報，必是先前種了善因，與本君卻沒什麼關係。姑娘不必掛在心裡。」

這番道理講得不錯，妙雲道姑咬了半日唇，終是沒再說出什麼。

方巧，我正同糯米糰子將一干占桌面的玩意兒收拾乾淨，抬頭對她笑了笑，她亦一笑回禮，見一旁的糰子眼巴巴等著上菜，輕言細語誇讚：「這位小仙童長得真是十分靈秀動人。」

我謙虛道：「小時候長得雖可愛，長大了卻還不知道會是個什麼形容。我家鄉有位小仙小時候長得真是形容不上來的乖巧，過個三千年，稍稍有了些少年的模樣，姿色卻極普通了。」

小糯米糰子拉拉我的衣袖，十分委屈地將我望著。

呃，一時不察，謙虛得狠了。

夜華端起杯子與我似笑非笑道：「男孩子長得那麼好看做什麼，譬如打架時，一張好看的臉就不及一雙漂亮的拳頭有用。」飲一口茶，又續道，「何況都說女肖父兒肖母，依我看，阿離即便長大了，模樣也該是不差的。」

糯米糰子眼看著要哭的一張臉立刻精神煥發，望著夜華滿是親近之意，還微不可察地朝他挪了挪。

我咳了一聲做憐愛狀道：「不管糰子長大後成了個什麼樣子，總是我心頭上一塊肉，我總是最維護他。」

小糯米糰子又立刻轉過頭熱淚盈眶地望著我，微不可察地朝我挪了挪。

夜華低笑了一聲，沒再說什麼。

先上的酒，不多時菜亦上齊。小夥計善解人意，一壺桂花釀燙得正是時候。卯日星君當值當得好，日光厚而不烈，天空中還胡亂點綴了幾朵祥雲，與地上成蔭的綠樹相映成趣，極是登對。

這番天作的情境，飲幾杯酒作幾首詩正是相宜，奈何妙雲道姑與她那馬伕都不喝酒，夜華與我飲了兩三杯，也不再飲了，還讓夥計將我跟前的杯盞也收了，令人掃興。

用飯時，夜華遭了魔風也似，拚命與我布菜，每布一道，便要柔情一笑，道一聲：「這是妳愛吃的，多吃些。」或者「這個妳雖不愛吃，不過對身體大有好處，妳瘦得這樣，不心疼自己，卻教我心疼。」雖知曉他這是借我擋桃花，還是忍不住被肉麻得一陣一陣哆嗦。

對面的妙雲道姑想必聽得十分艱難，一張小臉白得紙做的一般。那馬伕看情況不對，草草用了碗米飯便引了他主人起身告辭。

夜華終於停了與我布菜的手，我長舒一口氣，他卻悠悠然道：「似妳這般聽不得情話，以後可怎麼辦才好？」

我沒理他，低了頭猛扒飯。

飯未畢，伽昀小仙官卻憑空出現。好在他隱了仙跡，否則一個大活人猛地懸在酒樓半空裡將芸芸眾生肅然望著，教人如何受得住。

他稟報了什麼我沒多留意，可能是說一封急函需馬上處理。

夜華唔了一聲，回頭與我道：「下午妳暫且帶帶阿離，我先回天宮一趟，晚上再來尋你們。」

我含了一口飯沒法說話，只點頭應了。

出得酒樓，我左右看看，日頭正盛，集上的攤販大多挪到了屋簷底下做生意，沒占著好位置的便收拾收拾回家了，甚冷清。

方才結帳時，跑堂夥計見我打的賞錢多，慇懃提點我道，這時候正好去漫思茶聽評書，那邊的茶水雖要價高了些，評書倒真是講得不錯。

我估摸天宮裡並沒有設說書的仙官，糰子沒見識過這個，便抬手牽了糰子，要帶他去見識見識。

漫思茶是座茶肆，說書的乃是位鬚髮半白的老先生。我們落坐時，正在講個野鶴報恩的故事。

小糯米糰子忒沒見過市面，雙目炯炯然，時而會心微笑，時而緊握雙拳，時而深情長嘆。我因在折顏處順書順得實在太多，對這個沒甚想像力的故事提不起什麼興致來，便只叫了壺清茶，挨在桌上養個神。

一晃眼就是半下午。待說書先生驚堂木一拍，道一聲「欲知後事如何，且聽下回分解」時，窗外華燈已初上了。

我昏昏然睜眼尋糯米糰子，他原本占的位置如今卻空無一人。我一個機靈，瞌睡瞬時醒了一半。

好在隨身帶了塊水鏡。水鏡這物什在仙鄉不過是個梳妝的普通鏡子，在凡界卻能充個尋人的好工具。我只求糯米糰子此番是在個好辨識的地界，若是立在個無甚特色的廂房裡頭，那用了這水鏡也不過白用罷了。

尋個僻靜處將糯米糰子的名字和著生辰在鏡面上畫一畫，鏡面立時放出一道白光。我順著那白光一看，差點摔了鏡子栽一個趔趄。

我的娘。

糯米糰子此番的確是處在一個廂房，這卻是個不同尋常的廂房。房中一張紫檀木的雕花大床上，正同臥了對穿得甚涼快的鴛鴦。上方的男子已是半赤了身子，下方的女子也只剩了件大紅肚兜。凡界的良家婦女斷是不會穿這麼扎眼的顏色，我暈了一暈，勉強撐起身子拽住一個過路人：「兄台，你可曉得這市鎮上的青樓是在哪個方向？」

他眼風裡從頭至尾將我打量一遍，指向漫思茶斜對面一座樓。我道了聲謝，急急奔了。

背後隱隱聽得他放聲悲嘆：「長得甚好一個公子，卻不想是個色中惡鬼，這是怎樣絕望且沉痛的世道啊。」

雖曉得糯米糰子此時置身在這青樓中，卻不清楚他在哪間廂房。為了不驚擾鴇母的生意，我只好捏了訣隱個身，一間一間尋。

尋到第十三間，總算見著糯米糰子沉思狀托了下巴懸在半空中。我一把將他拽了穿出牆去，彼時床上那對野鴛鴦正親嘴親得歡暢。

我一張老臉燒得通紅。

方才那齣床戲其實並不見得多麼香豔。當年在崑崙墟上做弟子，初下凡時，本著一顆求知的心，我也曾拜讀許多春宮。尋常如市面上賣的三文一本的低劣本子，稀罕如王宮裡皇帝老兒枕頭下藏的孤本，男女甚或男男，我均有涉獵。那時我尚能臉不紅心不跳，淡定得如一棵木樁子，今次卻不同，乃是與小輩同賞一齣活春宮，不教老臉紅上一紅，著實對不起糰子那聲順溜的娘親。

廂房外頭鶯聲燕語雖仍是一派孟浪作風，令人欣慰的是，總歸這幫浪子衣裳還穿得貼服。

這座樓裡委實找不出半個清靜處。

一個紅衣丫鬟手中托了碟綠豆糕嫋嫋娜娜打我們身邊過。糯米糰子抽了抽鼻子，立時顯了形追上去討，我在後頭只好跟著顯形。那丫鬟見糰子長得可愛，在他臉上摸了兩把，又回頭雙頰泛紅對我笑了一笑，將一盤糕點全給糰子了。

我將糰子拉到樓道的一處死角，想了半日該怎麼來訓他，才能讓他知錯，但是要愉快地知錯。今日是糰子生辰，夜華著我好生哄他，這樣的日子讓他鬧心，就太不厚道。

我在心中細細過了一遭，堆出個笑臉，和順地問他：「漫思茶中的評書說得不錯，你開初聽得也很有興味，一個晃眼，怎的就跑到了這麼一座，呃，這麼一座樓子來？」

糰子皺眉道：「方才有個小胖子在大街上公然親一個小姐姐，那個小姐姐不讓小胖子親，小胖子沒親到就很生氣，召了他身邊幾個醜八怪將小姐姐圍了起來。小姐姐臉上怕得很，我看著很不忍心，想去救她。等我跑下樓，他們卻沒人影了，旁邊一個大叔告訴我，那小姐姐是被那小胖子扛進了這座花樓。我怕他們打她，就想進來找她，可把在門上的大娘卻不讓我進，我沒辦法，就隱了身溜進來。唔，不曉得那大叔為什麼說這是座花樓，我將樓上樓下都看了一遍，可沒見著什麼花來。」

我被他唔後面那句話嚇得小心肝狠狠跳了三跳，糰子哎，你可沒看到什麼要緊東西吧。

糰子這年歲照凡人來排不過三歲，仙根最不穩固，很需要呵護。他父君帶他帶了三百年都很平順，輪到我這廂，若讓他見些不該見的事，生些不該有的想法，動了仙元入了魔障，他父君定然要與我拚命。

我噓了口口水聽他繼續道：「等我尋到那小胖子時，他已經直挺挺躺在了地上，小姐姐身旁站了個白衣裳的哥哥將她抱著，我看沒什麼了，想回來繼續聽書，沒想到穿錯了牆，進了另一間廂房。」

是了，想當年因推演之術學得太不好，我同十師兄常被墨淵責罰，來凡界扯塊帆布，化個半仙，在市井上擺攤子與人算命摸骨。那時，三天兩頭的都能遇到良家婦女被惡霸調戲。若是個未出閣的婦女，便必有路過的少年俠士拔刀一吼；若是個出閣的婦女，便必有不知從哪冒出來的她的丈夫拔刀一吼。雖則一個是俠士，一個是丈夫，然兩者定然都穿了白衣。

糯米糰子摸了摸鼻子再皺一回眉續道：「這間廂房裡兩個人滾在床上纏成一團，我看他們纏得很有趣，就想姑且停一會兒看他們要做什麼。」

我心中咯噔一聲，顫抖著嗓子道：「你都見著了些什麼？」

他做沉思狀：「互相親啊親，互相摸啊摸的。」半晌，期期艾艾問我：「娘親，他們這是在做什麼？」

我望了一回天，掂量良久，肅然道：「凡人修道，有一門喚作和合雙修的，他們這是在，呃，和合雙修，雙修。」

糰子了然道：「凡人挺一心向道的嘛。」

我哈哈乾笑了兩聲。

剛轉過身，不著意迎面撞上副硬邦邦的胸膛，從頭到腳的酒氣。

我揉著鼻子後退兩步，定睛一看，面前一身酒氣的仁兄右手裡握了把摺扇，一雙細長眼睛正亮晶晶將我望著。一張面皮還不錯，臟腑卻火熱熾盛，皮肉也晦暗無光。唔，想是雙修得太勤勉，有些腎虛。

扇子兄將他那破摺扇往我面前瀟灑一甩，道：「這位公子真是一表人才，本王好生仰慕。」

咳，看來是位花花王爺。我被他搧過來的酒氣薰得晃了晃，勉強拱手道：「好說好說。」牽著糯米糰子欲拐角下樓。

他一側身擋在我面前，迅捷地執起我一隻手，涎笑道：「好白好嫩的手。」

我呆了。

就我先前在凡世的歷練來看，女子拋頭露面是容易遭覬覦些，卻不想，如今這世道，連男子也不安全了？

糯米糰子嘴裡含著塊綠豆糕，目瞪口呆地望著扇子兄。

我也目瞪口呆地望著扇子兄。

扇子兄今日福星高照，竟成功揩到一位上神的油水，運氣很不得了。

我因頭一回被凡人調戲，很覺新鮮，不打算與他多作計較，只寬宏大量抽回手來，教他知趣些。

不承想這個不懂事的王爺竟又貼上來：「本王一見公子就很傾心，公子……」那手還預備摟過來摸我的腰。

這就出格了。

大多時候，我是個慈悲為懷的神仙，遇到這種事情，就是個慈悲為懷得很有限的神仙。正欲使個定身法將他定住，送去附近林子裡吊個一兩日，教他長長記性，背後卻猛地傳來股力道將我往懷裡帶。這力道十分熟悉，我抬起頭樂呵呵同熟人打招呼：「哈哈！夜華，你來得真巧。」

夜華單手摟了我，玄色袍子在璀璨燈火裡晃出幾道冷光來，對著茫然的扇子兄皮笑肉不笑道：「你調戲我夫人，倒是調戲得很歡快。」

我以為，名義上我既是他未來的正宮帝后，便也算得正經夫妻。頂著這個名頭，卻遭了調戲，自然令他面子上過不去。他要將我摟一摟抱一抱，拿住調戲我的登徒子色厲內荏訓斥一番，正是盡他的本分。我配合地任他摟著教訓登徒子，則是盡我的本分。

糯米糰子嚥下半只糕，舔了舔嘴角，甚沉重地與扇子兄道：「能將我阿爹引得生一場氣，你也是個人才，就此別過，保重！」

說完十分規矩地站到了我身後。

扇子兄惱羞成怒，冷笑道：「哼哼，你可知道本王是誰嗎？哼哼哼……」

話沒說完，人便不見了。

我轉身問夜華：「你將人弄去哪了？」

他看了我一眼，轉頭望向燈火闌珊處，淡淡道：「附近一個鬧鬼的樹林子。」

我啞然，知己啊知己。

他遙望那燈火半晌，又轉回來細細打量我：「怎的被揩油也不躲一躲？」

我訕訕道：「不過被摸個一把兩把嘛？」

他面無表情低下頭來，面無表情在我嘴唇上舔了一口。

我愣了半晌。

他面無表情看我一眼：「不過是被親個一口兩口嘛？」

……

本上神今日，今日，竟讓個比我小九萬歲的小輩輕……輕薄了？

小糯米糰子在一旁捂了嘴哧哧地笑，一個透不過氣，被綠豆糕噎住了……

夜裡又陪糰子去放了一回河燈。

這河燈做成個蓮花模樣，中間燒一小截蠟燭，是凡人放在水裡祈願的。

糰子手裡端放一只河燈，嘴裡唸唸有詞，從五穀豐登說到六畜興旺，再從六畜興旺說到天下太平，終於心滿意足地將燈擱進水裡。

載著他這許多的願望，小河燈竟沒沉下去，原地打了個轉兒，風一吹，顫顫巍巍地漂走了。

夜華順手遞給我一只。

凡人祈願是求神仙保佑，神仙祈願又是求哪個保佑。

夜華似笑非笑道：「不過留個念想，妳還真當放只燈就能事事順心。」

他這麼一說，也很有道理。我訕訕接過，踱到糯米糰子旁邊，陪他一同放了。

今日過得十分圓滿。

放過河燈，糰子已累得睜不開眼，卻還曉得嘟囔不回青丘不回青丘，要在凡界留宿一晚，試試凡界的被褥床鋪是個什麼滋味。

須知彼時已入更，梆子聲聲。街頭巷尾凡是門前吊了兩個燈籠上書客棧二字的，無不打了烊閉了門。

這市鎮雖小，來此遊玩的人卻甚多。連敲了兩家客棧，才找到個尚留了一間廂房的。糰子在夜華懷裡已睡得人事不知。

仍半迷糊著的掌櫃打了個呵欠道：「既是兩位公子，那湊一晚也不妨事，這鎮上統共就三家客棧，王掌櫃和李掌櫃那兩家昨日就訂滿了，老朽這家也是方才退了個客人，才匀得出來這麼一間。」

夜華略點頭，老掌櫃朝裡間喊了一聲。一個夥計邊穿衣服邊跑出來，兩隻胳膊胡亂攏進袖子裡，跑到前頭為我們引路。

二樓轉角推開房門，夜華將糯米糰子往床上一擱，便吩咐夥計打水洗漱。碰巧我肚子叫了兩聲，他掃我一眼，很有眼色地加了句：「順道做兩個小菜上來。」

小夥計估摸十分渴睡，想早點伺候完我們仨好回舖上躺著，上水上菜十分快捷俐落，簡簡單單兩個葷的一個素的，滷水牛肉、椒鹽排條、小蔥拌豆腐。

我提起筷子來扒拉兩口，卻再沒動它們的心思了。

我對吃食原本不甚講究，近日卻疑心吃夜華做的飯吃得太多，品出個廚藝的優劣高低來，嘴被養得刁了。

夜華坐在燈下捧了卷書，抬起頭來看了我一眼，又看了眼桌上的三道菜，道：「吃不了便早些洗漱了睡吧。」

這廂房是間尋常廂房，是以有且僅有一張床。我望著這有且僅有的一張床躊躇片刻，終究還是和衣躺了上去。

夜華從頭至尾都沒提說今夜我們仨該怎的來分配床位，正經坦蕩得很。我若巴巴地問上一問，倒顯得不豁達了。

糰子睡得香甜，我將他往床中間挪了挪，再拿條大被放到一旁，躺到了最裡側。夜華仍在燈下看他的文書。

半夜裡睡得朦朧，彷彿有人雙手摟了我，在耳邊長嘆：「我一貫曉得妳的脾氣，卻沒料到妳那般決絕，前塵往事妳忘了便忘了，我既望著妳記起，又望著妳永不再記起……」

我沒在意，想是睡迷糊了，翻了個身，將糰子往懷裡揉了揉，又踏實地重入夢鄉。

第二日清早，待天亮透了我才從床上爬起來。夜華仍坐在昨夜的位置上看文書，略有不同的是，此時沒點蠟燭了。

我甚疑惑，他這是持續不間斷看了一夜，還是睡過後在我醒來前又坐回去接著繼續看的？

糯米糰子坐在桌旁招呼我：「娘親娘親，這個粥燉得很稠，阿離已經給妳盛好了。」

我摸摸他的頭道了聲「乖」，洗漱完畢喝那粥時，略略覺得，這口感滋味，倒有些像夜華燉的。抬頭覷了覷他，他頭也沒抬道：「這間客棧的飯菜甚難入口，怕阿離吃不慣，我便借了他們的廚房燉了半鍋。」

阿離在一旁囁嚅道：「從前在俊疾山時，東海的那個公主做的東西我也吃不慣，卻沒見父君專門給我另做飯食的。」

夜華咳了聲。

我既得了便宜，不敢賣乖，低頭專心地喝粥。

第九章　桃花孽緣

方從凡界回青丘那日早晨，夜華便被伽昀仙官催請回了天宮，說是有件要事同眾臣商議，須耽擱幾日。他耽擱的這幾日裡，我同糰子守著一筐枇杷果，過得甚淒涼。糰子吃得一張臉橙黃橙黃，拉著我的衣袖十分委屈：「娘親，父君什麼時候回來，阿離想吃蒸蘑菇，想喝白菜蘿蔔湯。」

迷轂瞧著不忍心，覺得不過一道蒸蘑菇一道白菜蘿蔔湯，卻教糰子饞得這樣，斟酌良久，悲壯地挽了袖子下廚。須知夜華做的蒸蘑菇和白菜蘿蔔湯遠非尋常，調味之豐足，工序之煩冗，教草木為之含悲風雲為之變色。迷轂差點掀了我狐狸洞做出的東西，自是得不了糰子青睞。

於是糰子繼續拉著我的衣袖委屈：「娘親娘親，父君什麼時候回來？」

從前，鳳九喝多了同我講她的風月經，有一個感悟，說情這個東西，未嘗試時不覺如何，一旦得了它的甜頭卻再放不了手，世間再沒什麼東西比它更磨人了。

我以為世間固然沒什麼東西能比情愛更磨人，卻有東西能與它一般磨人。譬如，夜華的廚藝。

雖不像糰子那般天天唸叨，但我心裡，對夜華君，以及他的廚藝的思念，也是一樣的。

我記得東海水晶宮初見夜華時，除了他那張臉略讓我詫異，也並不特別覺得他如何。近日來，每每想到他一個天族太子，鎮日裡要事纏身，卻跑到我這裡連做了三個月伙夫，竟覺得十分不易。

夜華君其人，真是懂事親切又和順啊。

待夜華從天上回來，我與糰子總算吃了頓飽的。迷穀很有運氣，過來送枇杷時正趕上飯點，我招呼他坐下同用，順便欣慰地告知他，阿彌陀佛，不用再送枇杷過來了。

因這番緣由，我終於領悟到沒有夜華做飯的日子多麼難熬。隔日裡，便興沖沖貼了張榜文出去，要在青丘選個小仙，與夜華做廚事上的關門弟子。

小仙們很踴躍，狐狸洞前兩行隊排得甚長。

迷穀興奮道：「青丘許久不曾這樣熱鬧了，既然人這麼多，怕是要擺個擂台，教他們比上一比，才好挑揀個根底好的送去隨太子殿下學藝。」

我以為他提得很到點子，允了。

迷穀辦事很有效率，我不過折轉去小睡了片刻，醒來時擂台已經擺好。

一時間青丘炊煙裊裊。糰子站在狐狸洞前不停地吞口水，獨坐一旁的夜華抬起眼皮來略看我兩眼，眼神挺古怪。我左右瞧了瞧，見他身旁還空了張竹椅，便蹭過去坐。

糰子立刻撲到我的腿上來。夜華懨懨打了個呵欠：「聽迷穀說妳要選個弟子給我？」

我點頭稱是。

他將台上忙得熱火朝天的一眾小仙籠統掃了遍，側頭向我道：「叫他們撤了吧，沒什麼根骨好的。」又從頭到腳打量我一番，笑道，「依我看，妳就很不錯。可妳實在用不著跟我學，我們兩個有一個會就行了。」

言罷施施然起身回了書房。

我呆了半天，沒弄懂他是個什麼意思。

迷穀顛顛地跑過來問：「方才太子殿下指定了是要哪個？」

我茫然地搖了搖頭：「叫他們都撤了吧，他一個也沒瞧上。」

擂台事件七八日後，那日早上，我窩在夜華書房，邊翻一個話本邊嗑瓜子，夜華坐在案几後批閱公文。我疑心九重天上的天君現今已頤養天年不管事了，才教他孫子每日裡忙成這樣。

窗外荷塘中的蓮花開得正好，和風拂過，立在花蕊中的蜻蜓隨著花枝一同搖曳，送來一陣淡香。迷穀帶著糰子坐了隻小船蕩在塘裡採荷葉，說將這荷葉曬乾，製出新茶來十分爽口。迷穀雖撐不起灶堂，沏茶還是有兩把刷子，這上頭道行不淺。

夜華放下公文，過來將窗扇打得更開，笑道：「妳這般疲懶，一塘花都是自生自滅，卻也能養出個天然雕飾的形容，絲毫不比天宮瑤池的差，真是難得。」

我呵呵笑了兩聲，伸手抓了把瓜子給他。他向來不吃這東西，只接過去，站在窗前剝了一會兒，將瓜子仁拿來給我：「阿離不在，便宜妳了。」

我很感恩地接過來，塘上忽然響起糰子一聲驚呼。我探出半顆頭，正看到迷轂提身飛了出去。

唔，想是有人闖青丘。

我對著獨坐在船上的糰子招了招手：「過來吃瓜子。」

他在荷塘中央扭捏地絞了會兒手，紅著臉道：「阿離，阿離不會划船……」

迷轂呈上破雲扇時，我正將手中的話本翻得精采處。夜華涼涼道：「將眼珠轉一轉吧，我二叔的妾室都找上門來了。」

我先在腦子裡過了遍他們家那神秘而龐大的族譜，將他定了位，再上溯回去搜索誰是他二叔。待看到那把破雲扇，才猛然省起，他二叔正是那退我婚的桑籍來著。他二叔的妾室便自然是少辛。

在東海時，念著主僕一場的情分，我曾許了少辛一個願望，叫她想清楚了拿著扇子來青丘找我。她此番，看來是想得很清楚了。

迷轂臉色青黑地將少辛引進來。我給他遞個眼色，教他知道糰子還在荷塘中心坐著，他啊了一聲，趕緊從窗戶跳了出去。

夜華悄無聲息地繼續看他的公文，我悄無聲息地繼續讀我的話本。少辛在地上默默跪著。

將話本翻完，杯子裡茶水沒了，我起身去外間沏一壺，路過夜華書案時順便也拿了他的，教他白撿個便宜。茶水沏回來，少辛仍是默默跪著。我納罕得很，喝了口茶，平和地問她：「妳既來找我，必是想清問我討什麼了，卻總不說話，是個什麼道理？」

她抬頭看了夜華一眼，咬了咬唇。

夜華雲淡風輕地邊喝茶邊批他的文書，我將杯子放下來，繼續平和道：「夜華君不是外人，妳只管大膽說。」

夜華抬頭來似笑非笑瞟了我一眼。

少辛躊躇了一會兒，終於怯怯道：「姑姑，姑姑能否救救我的孩兒元貞。」

待少辛一把鼻涕一把淚地陳情完，我才曉得她為什麼對夜華頗多顧忌。

少辛口中這個元貞，乃是她同桑籍的大兒子。如今的天君雖不再看重桑籍，對元貞這個孫子卻還是不錯。九重天上天君賜宴，每每也有這個孫子一方席位。

不日前天君壽誕，桑籍領了元貞備了賀禮前去九重天給天君他老人家祝壽。夜裡在天庭留宿，不想元貞卻喝醉了酒，跌跌撞撞闖進了洗梧宮，差點調戲了洗梧宮的素錦側妃。

我自然知道這位素錦側妃是誰的側妃，斜眼覷夜華，他卻合了文書看著我，眼中含了笑意。夜華君果然不是一般人，戴綠帽子也戴得很歡快。

所幸這頂綠帽子並沒有真正坐實，元貞終於在最後關頭剎住了腳，算是個調戲未遂。然這位素錦側妃卻剛烈，當即一根白綾懸上屋脊，要自裁。這事理所當然驚動了天君。此前我便聽得些消息，說素錦原本是天君的一個妃子，後來夜華看上，天君向來寵愛夜華，便將這新納不久的妃子賜給了他。

天君想來對這曾經的妃子尚很有幾分憐惜，聽說元貞將她調戲了，震怒非常。立時著捆仙鎖將元貞捆了，頒下旨意，將他打入輪迴六十年，六十年後方能重列仙班。

少辛痛哭流涕，直道元貞是個善心的好孩子，走到路上連螞蟻也捨不得踩死一隻，斷不會犯下如此錯事。

雖然我以為，一個人善良不善良，與他好色不好色誠然沒有什麼太直接的聯繫。

然則元貞，終究還是被投下凡了。

我摸著茶杯感慨：「就調戲未遂來說，這個懲罰委實重了些，可妳這兒子調戲的是夜華君的側妃，好說夜華君也在狐狸洞照管了我們兩個多月的伙食……」

夜華重新拿起一卷文書，淡然道：「不用做我的人情，元貞那回事，我也覺得是重了些。」

我震驚道：「可他畢竟也覬覦了你的側妃……」

他冷笑了兩聲：「我沒什麼側妃。」便起身添茶水，順便過來捎帶了我的茶杯。

我更是震驚，四海八荒風聞他對素錦側妃的寵幸隆盛，敢情，是傳著玩的？

少辛託我的事並不多難。她原已打聽到元貞轉成凡人後，十八歲上有個大劫，這大劫或苦他一世，便求我將他這劫數渡化了，教他能平平安安度過此生。她將這樁事託付給我，倒是有頭腦，託得正好。雖然是個神仙都有改動凡人命格的本事，然神族的禮法立在那裡，規矩束著，神仙們縱有這本事卻無用武之地。不過，天君欠我們白家的帳至今仍擺在那裡一分沒兌現，由我出面討幾分薄利，他多半就睜一隻眼閉一隻眼，讓這樁半大小事囫圇了。

元貞託生在一個帝王家，冠宋姓，叫作宋元貞，十二歲上封了太子。一生不愁衣食，倒是很好。現今正要長到十八歲，劫數將至。

元貞在凡界的母親乃是個奇女子，原本是當朝太師的獨女，十五歲送去皇宮封了貴妃，恩寵顯赫，生下元貞後卻鬧著出家。皇帝被纏得沒辦法，只得在皇城後一座孤山上與她修了個道觀，讓她虔心修行。

皇貴妃出家，皇子依例應抱去皇后宮裡養。元貞她娘卻十分剛性，死也不把元貞交出去，帶著元貞一同在道觀裡住著，直住到元貞十六歲，方派了個道姑將元貞送回宮裡去。說與元貞同回的這個道姑，正是元貞的師父，也是元貞他真正的親爹——北海水君桑籍送去凡界看護他的一個婢女。我此番去凡界護著元貞幫他渡劫，頂替的便是他這個師父。

將少辛打發走，我便開始合計，需先去南極長生大帝處尋司命星君走個後門，打聽打聽元貞十八歲的這個劫數究竟是個什麼劫，哪個日子哪個時辰落下來，如何應到人身上。元貞這個劫不是天劫，非要應到人身上才算數，乃是個命劫，避過即可。

不過，南極長生大帝與我沒什麼交情，他手下的六個星君我更是連照面也未曾打過。此番貿貿然前去，也不曉得能不能順利討得個人情。

夜華邊收拾文書邊道：「司命星君脾氣怪，他手中那本命格簿子，便是天君也不定能借來看一看。妳要想從他那處下手，怕有些擺不平。」

我愁眉苦臉將他望著。

他頓了頓，喝了口茶又道：「唔，我倒是有個法子，不過……」

我真誠而又親切地將他望著。

他笑道：「若我幫妳拿來他的命格簿子，妳可要答應我一件事。」

我警戒地將他望著。

他雲淡風輕道：「不過是讓妳去凡界時將法力封了，妳以為我要說什麼。修改命格本就是個逆天的事，即便天君睜一隻眼閉一隻眼，妳摻了多少法力去改那命格，便定然有多少法力反噬到妳身上，這點妳該比我更加清楚才是。妳雖是上神的階品，被這麼反噬幾次也十分嚴重，萬一屆時正輪到我繼天君的位妳繼天后的位，該怎麼辦？」

天帝天后繼位，必受八十一道荒火九道天雷，過了這個大業方能君臨四海八荒，歷來皆是如此。若這個當口被自身法力反噬，是真正的要命。我左右思量，以為他說得很對，點頭應了。

應了後才反應過來：「你我尚未成親，若最近你要繼天君的位，我定然不能與你一同繼位。左右我是要同你成了親才能繼位的。」

他放下茶杯來定定將我望著，忽而笑道：「這可是在怪我不早日向妳提親了。」

我被他笑得腦門上登時落下一滴冷汗，乾笑道：「我絕沒那個意思，哈哈，絕沒那個意思。」

夜華果然是個日理萬機的，辦事很重效率，第二日大早便將司命星君的命格簿子擱到了我眼前。早先聽他講這薄薄一冊簿子如何貴重稀罕，我還以為即便賣他的面子也只能打個小抄，沒想到能將原物討來。

夜華將簿子遞給我時，唏嘘了兩聲。

將元貞的命格翻完，我也唏嘘了兩聲。

如此盤根錯節跌宕起伏雜花生樹的命運，元貞小弟這一生很傳奇啊。

命格上說，元貞從出生長到十八歲都很平安，壞就壞在他一十八歲這年的六月初一。

六月初一韋陀護法誕，皇帝出遊漱玉川與民同樂，領了一大幫的妃嬪貴人，太子元貞也隨扈在列。正午時分，漱玉川中，盈盈飄過一艘畫舫。畫舫裡坐了名美人，輕揚婉轉，團扇遮面。和和樂樂的好景致裡，天空卻驀地飛過一隻碩大的鵬，利爪將小畫舫一撓一推。小畫舫翻了，美人抱著團扇驚慌失色撲通一聲掉進水裡。

元貞小弟因自小長在道觀，性子和善，又擅鳧水，立時跳進水中，一把將美人撈了上來。

隔著鏡花水月一剎那，雙雙便都看對了眼。

奈何元貞瞧著這美人是美人，旁人瞧著這美人自然也是美人，譬如太子他爹，當朝皇帝。皇帝瞧上了這位落水美人，當下一條毯子將其裹了帶回皇宮，呃，臨幸了。

元貞小弟苦惱悲憤又委屈，暗自惆悵了十天半個月，七月十五鬧中元，地官赦罪，元貞小弟喝了點小酒，一個不小心，便同這已封了妃立了階品的美人，暗通款曲了。

算是將當初在天上沒做足的那一段，補了個圓滿。

元貞小弟為人其實挺孝順，這一夜顛鸞倒鳳地過得很愉悅，天亮後酒一醒，見著自己竟將親爹的老婆給調戲了，大受打擊，立刻便病了一場，九個月後才下床。剛下床卻聽說那美人產下一個兒子，因疑心是他自己的，緊鑼密鼓地又病了一場。

美人想同元貞舊情復熾，元貞卻對老父日也慚愧夜也慚愧，熊熊的慚愧之情生生將一腔愛火澆得透心涼，元貞悟了。

十來年後，美人的兒子長大了。皇帝竟還沒死，只病得半死不活，於是這兒子便來同元貞搶太子位。其中萬般糾葛自不必說，今日的元貞卻已不是昨日的元貞，美人兒子竟生生死在元貞劍下。消息傳到美人的寢殿，美人上吊了。臨上吊前留下一封書，說死在元貞劍下這個，其實是他的親生兒子。

元貞讀了這信本想一劍抹脖子，奈何皇朝裡唯留自己一個男丁，只好忍著滿腔悲痛坐了龍座，這一坐，就坐到六十歲壽終正寢。

這麼一看，元貞小弟自從在韋陀護法誕上救了那落水的美人，這輩子便過得十分辛酸。十八九歲憂愁自己怎麼愛上了老爹的妾，十九歲後憂愁弟弟究竟是老爹的兒子還是自己的兒子。三十五歲上終於不憂愁了，卻因為老爹的妾的確生了自己的兒子，自己又親手將兒子給殺了，惶惶不可終日深深後悔。

如此一來，無須再推，這落水的美人，她必然是元貞小弟的劫數了。

我對著命格簿子上元貞這一頁上上下下看了七八回，覺得每樁事都安排得嚴絲合縫，唯獨漱玉川上出現的大鵬鳥。話說，凡界真有這麼大的鵬鳥嗎？

夜華將看了一半的文書壓在紙鎮下施施然喝了口茶：「那大鵬是西天梵境佛祖跟前借來的。」頓了頓嘖嘖嘆道，「據說我二叔桑籍從前同司命星君有些許過節，司命這回可是下了血本。」

我抖了一抖。不想司命星君是個這麼記仇的，此番他好不容易安排一齣大戲，不曉得我混進去將其中幾個角兒攪一攪，他會怎麼在心中記我一筆。

夜華將命格簿子收撿回去，瞟我一眼笑道：「妳擔心什麼？他左右還欠我一個大人情。」

此番下界因是辦正事，自然帶不得糰子。糰子嘟著嘴生了兩天氣，慢慢也就算了。

臨出門前，我慎重地思量了一遍，覺得此番幫元貞避劫，只需勸他六月初一稱病不去漱玉川便算完事，委實用不上術法。即便遭遇什麼危情，躲躲便是。即便躲不掉挨個一兩刀，也斷然不會比法力反噬更令人遭罪。帶著滿身法力去凡界，萬一什麼時候一個不小心使出來，將自己反噬了就十分糟糕。便依照夜華的提議，讓他把周身仙術幫著封了。

下得凡界後，正是桑籍在元貞身邊安置的那個小仙娥來接應我。要頂她的位做元貞的第二位師父，自然須得將元貞老子娘這一關順利過了。

北海的小仙娥護元貞護得不錯，保他平安長到十八歲，這固然是因命格之故，元貞他娘卻對她十分看重，言談行止間頗有尊崇意味，顯見得將她當作了一位出世高人。小仙娥將我引到元貞他娘面前，捋一捋拂塵道：「天下無不散之筵席，貧道同元貞殿下的塵緣已了，但貿然離去也不好，所幸貧道的同門師姐雲遊四方，近時遊過此端聖境，很是鍾愛，貧道便託師姐代貧道來護佑殿下。師姐幾百年不曾出師門了，此番能和元貞殿下結趟師徒緣分，於殿下也是個難遇的善福……」

她大力將我保舉一番，元貞的娘十分動心，當即召來元貞拜我為師。

大小是個神仙轉世，即便做凡人，元貞小弟也做得很有幾分神仙氣。不過將將一十八歲的年紀，看著卻甚飄逸，甚有風姿。

我崑崙墟收弟子雖沒設什麼條文規矩，不過收上來的一向才貌俱佳。元貞小弟才不才我暫且不知道，容貌卻是好的，這個層面上也不算辱沒了我崑崙墟的臉面。

他和順地作個揖，尚未行拜師禮便先喚一聲師父。

我頷首將他上下打量一番，滿意點頭：「倒有幾分根骨，能做我的弟子。」

元貞的娘十分欣慰。

我跟著元貞回了他的東宮，管事太監分了我一進清靜院落，至此，算是成功混進了九天之上司命星君擺的這齣大戲。

次日，聽元貞殿裡幾個女侍嚼舌根，說皇帝昨兒早上聽說太子身邊的道姑終於要走人了，龍顏大悅，下午卻聽說先前的道姑走了又新換來另一位道姑，龍顏大怒，怒了一晚上，今日早朝還連累了好幾位大人做炮灰。

其實皇帝怒得很有道理。他命裡子息單薄，努力至今，也只得元貞一個兒子。他這兒子本是要做國之棟樑中的棟樑，偏偏接二連三召來道姑教他兒子做方士中的方士，換作是我，我也是要怒的。雖則我同北海的小仙娥都沒招元貞修仙的心，他本是個落魄的神仙，原也用不著什麼修行。

因皇帝對我的使命有這麼大一個誤會，也就懶得再將我招過去惹自己的眼了，是以我進皇宮七八日，也未曾見著皇帝。

元貞小弟十分上進，許是想著養我不能白養，日日都要拿些道法書來折磨於我，求我解些難題。這些講究玄理的書帛最令我頭疼，自覺見他一次，生生要折我三年修為。

離六月初一不過一個半月。

和元貞處了幾日，我摸出個門道來。元貞小弟看著倒是謙謹又和順，然終歸少年心性，好個新鮮，凡事你叫他往東，他即便往了東，也要趁你不注意，再往一回西。譬如六月初一，我若是開門見山地勸他莫去漱玉川，他定要問一問為何不能去，無論我找出什麼樣的因由搪塞，他總歸要生出好奇心，保不準私下便要跟去瞧個究竟。須知天底下多少悲歡離合皆是瞧究竟瞧出來的，我思索再三，以為開門見山這方法十分不好。元貞這趟事，還是要做得曲折迂迴些。

然怎麼個曲折迂迴法，我沒有司命星君的大才，這是個問題。

屆時，待那命中注定要禍害元貞的美人落水時，我搶先跳下去將她救了？唔，萬一命格一移，美人偏偏就要愛上救她的英雄，轉而看上了我，這可如何是好。不成不成。

屆時，多找幾個姑娘，待那名美人出現時，叫她們坐了畫舫從漱玉川東南西北四個方向齊齊跳下去，教元貞怎麼也救不了命格簿子裡提說的這位美人？唔，萬一元貞終歸救上來一個，雖不是命格簿子裡這位，命格簿子裡這位的命運卻轉到了他救上來這位的身上，這又如何是好。不成不成。

我終日苦思冥想，不留神照到鏡子，覺得近來自己的姿態真是莫測高深。

眼看到了五月初一。

五月初一的夜裡，我如同往常一般坐在燈下苦苦冥思。冥思到二更，覺得是時候該睡覺了，便睜開眼去熄燈。恍一睜眼，卻見著本應在青丘的夜華，手裡端著一杯茶坐在我對面，一本正經地將我望著。

我躊躇良久，以為自己冥思得睡著了，是在作夢。

他喝了口茶，盈盈蕩出一個笑來：「淺淺，幾日不見，我想妳想得厲害，妳想不想我？」

我一個趔趄，生生從椅子上栽了下去。

他托腮做詫異狀：「妳歡喜瘋了？」

我無言地從地上爬起來去床上睡覺。

他伸出一隻手來端端攔住我，笑道：「妳先別忙睡，此番我來是要告知妳一樁大事。妳可知道元貞這一世在凡界的爹，是誰託的生？」

我睏得很，懶懶敷衍道：「誰託的生，總不至於是你爺爺天帝老君上託的生。」

他轉身坐到床沿上擋住我就勢躺下的身形，順便拍了拍旁邊的位，我略一思索，坐了。

他順手將桌上的茶杯端一只給我：「醒醒神吧，雖不至於是我爺爺，卻也差不離了，保不準還是妳的一位熟人。」

我凝神聽著。

他緩緩道：「東華紫府少陽君。」

我一口茶從鼻孔裡噴了出來。

咳咳咳，元貞小弟這一世的爹，竟是，竟是東華帝君。

確實是位熟人啊。

本上神對這位帝君如雷貫耳，耳熟得很！

紅狐狸鳳九單相思東華帝君單相思了兩千多年，一喝醉酒便在我耳邊唸叨東華如何如何，以至於如今，我竟用不著在腦子裡過一遭，也能將他的種種事宜如數家珍。我二哥白奕唯一的女兒，我唯一的親侄女兒鳳九，每每也只因東華帝君才會將自己灌得酩酊大醉。可惜了折顏釀的好酒，便是拿來給她澆愁的。

這位東華帝君乃是眾神之主，大洪荒時代的天地共主，如今，明面上在天族中的地位僅次於天君，實則天君也需忌憚他不知多少分。這些年，聽說東華帝君避在一十三天太晨宮中，主要掌管神仙的仙籍。妖精凡人凡是成仙的，都須知會他一聲。上仙以下的神仙們升階品，也須拜一拜這位帝君。

東華帝君是個清靜無為、無欲無求的仙，為人冷漠板正。阿爹從沒誇過人，我也聽他說過一次：「四海八荒這許多神仙，卻沒哪個能比東華帝君更有神仙味。」

凡界有個甚有名望的詩人，曾有幸謁得一次東華帝君出行，遂做了首詩歌詠東華，裡面有幾句我尚且還記得，說是「暾將出兮東方，照吾檻兮扶桑。撫余馬兮安驅，夜皎皎兮既明。駕龍輈兮乘雷，載雲旗兮委蛇。長太息兮將上，心低迴兮顧懷。羌聲色兮娛人，觀者憺兮忘歸」。這首詩將東華描繪得花裡胡哨，大抵因凡人看神仙總隔了層金光所致，實則東華帝君的性情，在我瞭解，卻一向淡漠低調。

鳳九還是隻小狐狸時，仙術不精，膽子卻大，時常跑出二哥的洞府胡混。有一回被頭虎精看中，差點死在這虎精的爪下，正是得了東華帝君的救命之恩。這便是緣起了。

後來鳳九慢慢長大，對東華用情很深，做了許多丟人現眼的事，有幾百年還巴巴地落下身分去東華帝君的太晨宮中當小仙婢。東華冷情，她只得傷情，也不過幾十年前，才剛剛對東華斷了情。

我甚詫異，那樣一位威武不屈富貴不淫剛正不阿女色不近的東華帝君，卻是要犯一樁什麼樣的事，才能被打下凡界來啊。

夜華斜倚在床欄邊，笑道：「東華帝君卻不是被天君打下凡來的，是他自己主動要下凡的，說想去凡界仔細參一參生、老、病、死、怨憎會、愛別離、求不得、五陰熾盛這人生八苦。所以我才特地來跑一趟，給妳提個醒，妳改元貞的命格時，且千萬不要動了東華帝君的。」

夜華放下這麼一番話，引得我心裡一時欣慰一時憂愁。欣慰的是，物是人非這麼多年，難得東華帝君仍一如既往是位傲岸耿介的仙。憂愁的是，能不能順利護著元貞度過這個美人劫尚是未知之數，還要不牽連這場孽桃花裡其中一個當事的，委實很難。

屋外似颳了大風，吹得窗櫺咯吱作響，我蕭瑟地起身關窗戶，回到床邊，夜華已脫了外袍抖開一條大被。

我目瞪口呆將他望著。

他熟稔地將床鋪拍好，轉頭問我：「妳是睡裡邊還是睡外邊？」

我看了眼床鋪看了眼地，誠懇答他：「我還是睡地上吧。」

他輕飄飄道：「我若有心要對妳做些什麼，不論妳是睡地上還是睡床上，結果都一樣。若妳尚有法力在身，同我拚死打一場，大約也能做個兩敗俱傷，唔，可妳的法力不是被我封了嗎？又或許容我私下揣測，淺淺妳這麼正是半推半就……」

我抹了把腦門上的汗水甚親厚將被面掀開：「夜華君說的哪裡話，我不是怕這床太小了怠慢你嗎？哈哈……你先請你先請，我習慣了睡外側的。」

他似笑非笑瞟了我一眼：「那就有勞妳熄燈了。」

於是乎，我同夜華一個人睡裡側一個人睡外側，總算安歇下了。

如今我住的這進院落叫紫竹苑，大約為了應這個名，裡裡外外都種滿了竹子。夏天十分涼快，初夏的夜裡就更涼快。只有一床薄被，我同夜華不僅須得同床共枕還須得同蓋一床被子。我因背對著躺在床沿上，胳膊腿都晾在被外，又沒有仙氣護體，凍得一陣一陣哆嗦。

夜華呼吸綿長，想必已睡著了，身上有淡淡的桃花香。此情此境真是十分要命，我往床沿上挪挪，也不知這漫漫長夜，何時才能到頭。

夜華翻了個身。我趕緊再往床沿上挪挪。

背後夜華道：「妳想不想我抱著妳睡？」

我愣了一愣。

他沒說話又翻了個身，我條件反射地繼續朝床沿挪。

撲通一聲，掉床底下了。

他哧地笑出聲：「看吧，我方才還在想，若我不將妳抱著，妳今夜便時不時得往床底下滾一遭，果然。」

我悵然道：「是這個床太小，床太小。」

他一把將我從床底下撈起來推到裡側：「是啊，我們兩個人平躺著，中間居然還只能再睡下三四個人，這床委實太小了。」

我只得乾笑兩聲。

因躺了裡側，是個易攻不易守的地形，我更睡不著，偏偏夜華還靠得緊緊的，那桃花香一陣一陣飄過來，本上神今夜，是在受冥司十八層地獄下的苦刑啊。

我正自唏噓憂愁，夜華突然側身，面對面看著我。

我詫然看著他。

他淡淡道：「想起一件事。」

我屏住呼吸。

他說：「淺淺，妳可識得司音神君？」

我愣了愣，將被子往上提了提：「唔，崑崙墟墨淵上神的十七弟子，聽是聽說過，卻從未有緣見過。七萬年前鬼族之亂後，說是這位神君和墨淵上神一同歸隱了。」

夜華嘆了口氣道：「我原以為妳會知道得更多些。」

我打著呵欠道：「難不成還有什麼隱情？」

他道：「鬼族之亂時，天君尚在做太子，小時候常聽天君說，我長得同墨淵上神有幾分神似。」

我在心中很贊同地點了點頭，不僅神似，形也很似。

他續道：「史冊裡雖沒這麼記載，但依天君的說法，鬼族那場大亂裡，墨淵上神已是灰飛煙滅了，萬萬不會再偕同司音神君歸隱。當時的老天君派了十八個上仙前去崑崙墟料理墨淵上神的身後事，卻被司音神君一把摺扇趕了出來，而後便是崑崙墟的大弟子應陶神君上報，司音神君同墨淵上神的仙體一概不見了。」

我做驚嘆狀道：「竟有這回事。」心中隱隱疼痛。

他點了點頭：「七萬年來未曾覓得司音神君仙蹤，近日裡，聽說鬼族的離鏡鬼君在四下尋找這位神君。昨日下面的一個魁星送了幅司音神君的丹青與我，據說正是離鏡鬼君所做。」

我心裡咯噔一下。

他果然道：「淺淺，恍一瞧，我還以為是女扮男裝的妳。」

我做大驚狀道：「竟有這樣的事？」又打了個哈哈，「如此一說，這世間竟有兩個人都長得同我很像。這位司音神君我雖不大熟，不過離鏡鬼君當年娶的王后卻還同我們白家有些沾親帶故的關係。他那王后正是我大嫂的小妹妹，你可真該去看看，跟我卻是長得一絲都不差的。」

他沉吟良久，緩緩道：「哦？有時機倒要去拜會拜會。」

我唔了一聲。

他笑道：「我彷彿聽見妳在磨牙？妳那位大嫂的妹妹，即便同妳長得像，也決然無妳的神韻吧。」

我抬眼望了望床帳，胡亂應了他一聲。這種明顯的恭維話他竟能面不改色說得這樣流暢，我真佩服他。

夜華睡得甚快，半盞茶工夫不到便沒聲兒了。他睡覺的教養良好，既不打呼也沒磨牙，等閒連手腳也不亂動一動。我苦苦支撐了兩個時辰，到後半夜，終於迷迷糊糊也睡著了。半夢半醒間，突然朦朧地想起一件要緊的事，待要仔細想想，神志卻已不大清明了。

那一夜，似乎有一雙手，冰涼冰涼地，輕輕撫摸我的眼睛。

第十章　兩生咒術

夜華為人不厚道。

此番又不是青丘，我委實沒道理再陪他早起散步，在床上賴個把時辰，實在很合情理，他卻巴巴地非要將我扒拉起來。

昨日新上身的裙子皺得不成樣子，我懶得換，靠在一旁灌了杯冷茶，掩著嘴打了個呵欠。

夜華心情甚好，行雲流水穿好外袍結好腰帶，坐到銅鏡跟前，悠然道：「好了，過來與我束髮吧。」

我愣了一愣：「你是喚的我？」

他拿起一把木梳：「聽迷穀說，妳束髮束得很不錯。」

我束髮束得的確不錯，這都是久經磨煉而成。因狐狸洞等閒時並無婢女服侍，四哥又從不會梳頭髮，便一向都是我來幫他束。除了尋常樣式，若四哥要去十里桃林找折顏，我還會幫他梳些新鮮花樣，每每折顏看了，都很喜歡。可夜華在青丘住著時，向來不束髮的，不過拿根帛帶，在髮尾處齊齊綁了。他原本一張臉生得偏冷，頭髮這麼一結，看著倒是挺柔和。

他盈盈笑著將木梳遞給我：「今日我須得覲見天君，儀容不整就不好了。」

夜華有一頭十分漂亮的頭髮，觸感柔軟，漆黑亮澤。木梳滑下去便到底，很省我的心。不過盤起來堆到頭頂時，卻略有些費事。

妝台上放著一只玉簪一只玉冠。拿簪子將頭髮簪好，再戴上玉冠。唔，許久不練手，這趟手藝倒沒生疏。

銅鏡裡，夜華含笑將我望著。

我左右看了看，覺得這個髮式正襯得他手神俊朗，神姿威嚴，沒什麼再修繕的了。遂滿意地往妝台上擱梳子。

銅鏡裡，夜華仍自含笑。我那擱梳子的右手，卻被他握住了。

他低聲道：「從前妳……」眼睛裡有些東西，淡淡的，如靜水突然流轉。

呃，他今日不會是，不會是又著了魔風吧。

我半躬著腰，保持著左手搭他的肩，右手被他握在妝台上這個高難度姿勢，甚艱辛地預備聽他講這個從前。

他卻慢慢將我的手放開了，從前也沒了下文。只是笑笑，從衣袖裡摸出串珠子來戴在我手上，模樣有些頹然。

我自然知道這是個逢凶化吉的珠串。

他從銅鏡跟前站起來，勉強笑道：「這個串子妳先戴著，如今妳同個凡人沒兩樣，雖不至於在凡界遇到什麼大禍事，卻也難免萬一。」

我看他今日這麼一喜一憂，似乎不同尋常，不敢有別的造次，只應了。

他點了點頭，伸出手來摸了摸我的臉，道：「那我便去天宮了。」頓了頓又道，「昨夜忙著正經事，卻忘了同妳說，待六月初一，命格轉到了該轉的時辰，妳將元貞死命攔著，派個人將東華帝君一把推下水去，若到時候是東華帝君救了那落水的女子，便只是元貞從這場糾纏中解脫出來，妨礙不著東華帝君體驗人生至苦，如此，就皆大歡喜了。」

說完轉身不見了。

我先是想了想昨夜究竟同夜華忙了些什麼正經事，再三思量，自覺沒一件當得起「正經」二字，又將他後頭幾句話想了想。

乖乖，這卻是個好辦法。還是旁人看得清明些。我瞻前顧後了許多天，竟是自己將自己攪糊塗了。

解決了這麼一樁心頭大事，我陡然覺得壓在身上半個月的大石頭一時全飛了，從頭到腳輕飄飄的，倍感輕鬆自然。

我輕飄飄地逗了半晌窗台上一盆含羞草，輕飄飄地坐下再喝了杯茶。茶水方喝到一半，卻猛然省起昨夜朦朧間想起的那件事。

十分要命的一件事。

迷轂曾說鳳九去凡界報恩了。當是時，我只道她是承了哪個凡人的恩情，要去凡世將這恩情報上一報，並沒有如何在意。如今想來，鳳九長到三萬多歲，統共不過欠東華帝君一個大恩。做神仙的時候，東華不知比鳳九高明多少，自然她想報恩也報不到點子上。如今她來凡界報恩，莫不是，莫不是來找轉生後的東華了吧？她好不容易才將對東華的孽想斷乾淨，兩個人要再合著折騰幾日，將那斷了的孽想折騰出點根芽來……我的二哥二嫂，這可怎麼得了。

想到此處，我趕緊跳起來換了身衣裳往院外奔。此番須去會會那見一面就得少我三年修為的元貞小弟，同他打聽一下，他們這皇宮裡半年前有沒有新進來一個額間一朵鳳羽花的年輕女子。

鳳九的娘是赤狐族的，當年她娘剛同二哥成親不久，我便疑心他們要生一隻又紅又白的花狐狸。卻沒料到鳳九的娘懷胎三年，竟生下一隻鴿血般紅豔豔的小狐狸，只耳朵一圈並四隻爪子是白的，玲瓏可愛得很。待小狐狸滿週歲後化作人形，額間天生一朵鳳羽花的胎記。這胎記雖看著漂亮，變換時卻是個累贅，只要是化了人形，不論變作什麼模樣，都顯得出來。二哥疲懶，只因了這朵鳳羽花，因了小狐狸出生在九月，週歲定名時便給鳳九起了這麼個不雅不俗的名字，連著我們白家的族姓，喚作白鳳九。青丘的小仙們都稱我姑姑，殊不知，該正經喚我姑姑的就鳳九這麼一個。

元貞小弟正是那一汪及時雨。我尚未奔出院門，已遇著他握了兩卷經文迎面邁進來。見著我，眼睛亮了亮，恭謹地喚了聲師父。

元貞小弟是個刨根問底的心性，貿貿然問他鳳九的事十分不便，我在心中掂量一番，將他拉到旁邊一張石凳上坐穩了。

元貞一聲咳嗽，道：「師父脖子上是怎麼了，看著像是，像是……」

我驚訝地摸了摸脖子，卻並未覺得怎麼。

他從袖中掏出一面銅鏡，我接過來照了照，脖頸處似乎有個被蚊蟲叮咬了的紅痕。

這蚊子委實有膽色，竟敢來吸本上神的血。

不過，倒教它吸成功了，少不得要受用個萬兒八千年，屆時修成個蚊子仙也未可知。唔，這是隻很有福分的蚊子啊。

我點點頭讚嘆：「這麼個微不足道的小紅痕，你卻也注意到了，有個人曾說你有一副連螞蟻也捨不得踩死的善心，看來是不錯的。」

元貞微紅著臉望著我：「啊？」

我接著道：「須知行路時不能踩著螞蟻，不僅需要一副善心，還需一副細心。善心和細心，本就是一體的。」

元貞站起來，做出個受教的姿態。

我摸著下巴高深道：「道生一，一生二，二生三，三生萬象。萬象皆是從無中而來，無中生有，乃是個細緻活。學道是很需要細緻的，今日為師便想考考你細緻的程度。」

元貞肅然道：「師父請說。」

我亦肅然道：「你十六歲前是在道觀裡過，十六歲後是在這皇宮裡過，為師也不為難你，單問你兩個問題，一個關於道觀，一個關於皇宮。」

元貞豎起耳朵。

我沉吟道：「你從小住的那座道觀中，有一位只穿白衣的道姑，這位道姑有常用的一把拂塵，我便考考你這枚拂塵柄是用什麼木頭做成的。」

他想了半天，沒想出來。

我心中暗道，這個我胡謅的，你當然答不出來。

整了整神色，續道：「既然這個答不出來，還有一問，這一問你可聽仔細了，也想仔細了。你如今住的這座王宮裡有位女子，額間有一枚鳳羽花的胎記，我便考考你她是住什麼地方，占個什麼階位，閨名是什麼。」

他沉思良久，道：「道觀那個題目，元貞委實孤陋，想不出來。不過師父口中這位額間一枚鳳羽花胎記的女子，元貞倒知曉，正是住在菡萏院裡的陳貴人。這位陳貴人此前額間其實並無什麼鳳羽花，去年臘冬時掉進荷塘大病一場，藥石罔效，本以為就此要香消玉殞，後來卻突然好了，病好後額間便生出一朵鳳羽花來，幾個妃嬪請來一個真人將這朵花判了一判，說是朵妖花。父皇雖然不信，卻也很冷落陳貴人。至於陳貴人的閨名，徒弟卻委實，委實不太曉得。」

咳，鳳九果然是奔東華來了。

不過，那騙吃騙喝的真人竟能將一位神女的額間花看作妖花，甚有本事。

元貞惴惴地望著我。

我點頭道：「唔，這般細心，原本已屬難得，可修習道法，你卻還須更細緻些。退下吧，今日你暫且不必再看經文，先好好將自己學道的態度參一參。」

元貞耷拉著腦袋走了。

看著他落寞孤寂的背影，本上神心中，十分不忍。

元貞小弟，其實你已經夠細緻了，再細緻你就成八公了。

元貞的背影漸行漸遠，我隨手喚了一個侍婢，著她領著去陳貴人的菡萏院。

鳳九欠東華的這個恩情，便算我青丘之國承了，他日要還，便是我這個做姑姑的和他們幾個做叔叔的來還，今日怎麼也得將鳳九勸說回去。

想必我住的院落位分極高，進皇帝的後宮進得很順利。因來得匆忙，未備拜帖，便著了大院裡忙活的一個侍婢通報。不多時，侍女叩門而出，引了我們進去。院落並不算大，打理得卻好，有山有水有花有草有蟲有魚，吟風弄月的都很合適。

湖邊一個涼亭，涼亭中坐了個圓臉女子，正漫不經心地餵魚，模樣甚普通，額間一朵鳳羽花，正是鳳九如今借的凡胎。我嘆了口氣，在青丘時，作為我白家孫字輩有且僅有的一個女丁，鳳九是如何瀟灑意氣。如今為了東華，卻跑來這麼個冷清地方餵魚，令人何其唏噓。

聽見我這一聲嘆，餵魚的鳳九轉過頭來。

我悵然道：「小九，姑姑來看妳了。」

她獨自一人飄零在凡界半年多，必定十分孤獨寂寞，聽見我這一聲喚，悲痛難忍，立刻便要撲進我的懷中。

我張開雙臂。

她嗚的一聲，撲到我後面緊緊抱住引我們進來的那名侍女。

我張開的兩隻手臂不知該收了還是該繼續伸著。

她滿臉驚恐邊哭邊死命搖頭：「不，姑姑，妳不能帶我走。我愛他，我不能沒有他，誰也不能將我們分開，誰也不能！」

我被她這陣式唬得後退一步。

這大約，並不是我們家那隻紅狐狸吧？

鳳九雖還是個丫頭片子，卻從不做大哭大鬧模樣，一向很有擔當。即便對東華用情用得深，時時傷心，也斷然不會傷得盡人皆知，大抵從折顏處順酒來澆一澆愁。

二哥見她還是個小丫頭，便時時喝得酩酊大醉，曾將她吊起來打了兩頓。打得氣息奄奄的，我們瞧著都十分心疼，她將牙關咬出血也不哭出來。我和四哥害怕她性子強，惹急了二哥，尚且躺在床上便再遭一回毒手，於是將她接回狐狸洞養傷。

我勸解她：「酒終究不是好東西……」被四哥瞪了一眼，只得改成，「折顏釀的酒固然是好東西，但妳終日拿它來澆愁也忒對不起折顏的手藝。須知酒這個東西只能讓妳得一時的解脫，待醒過來，煩惱妳的事情卻不會因妳飲了酒便得到解決。」聽了我這番勸解，鳳九終於哇的一聲哭出來：「我才不是為了澆愁，我自然知道喝酒喝不走煩惱，只是因為不喝就難受得想哭，我才不能在東華的面前哭出來，也不能在其他人的面前哭出來。」

鳳九終究只是個丫頭，我同四哥聽了，心裡都很難受。那也是我唯一一次見著鳳九落眼淚。

如今面前這個摟著自己的侍女哭得驚天動地的，我甚沒言語搖了搖頭。

不想見著我搖頭，她卻哭得更兇：「姑……姑……求求妳老人家，求妳老人家高抬貴手，一定成全我們吧！來世我給妳做牛做馬，求妳成全我們吧！」

被她抱著的那名侍女抖得如風中一片落葉。

我嘴角抽了抽。

她猛然蹲下去捉住自己襟口。

那抖得如風中落葉的侍女立刻像打了雞血般振奮地跳起來，邊撒腳丫子跑邊扯著嗓子喊：「主子又要吐血了，妳妳，快去請皇上，妳妳，快去拿巾帕，妳妳，快去拿臉盆……」

我掩著嘴角咳了聲：「唔，妳吐慢點，別吐得太急，怕嗆著，那我先走了，先走了。」

話罷拽著同我一起進來站在一旁目瞪口呆的侍女急切地告辭了。

從菡萏院到紫竹苑，我琢磨了一路，方才那位陳貴人的性情同鳳九沒有半點相同之處，然她額間確然有一朵鳳羽花，也確然一眼便認出了我是她姑姑。按說鳳九一個神仙，即便暫借了凡人的肉身來住，也萬萬不該被這凡人生前的情思牽絆，此番卻如此形容，莫不是……我撫著額頭沉思片刻……莫不是她在自己身上，用了青丘的禁術兩生咒？

說起這兩生咒來，倒也並不是個傷天害理的法術，不過是助人在一個特定的時辰裡轉換性情罷了。譬如青丘一些在市集上做買賣的小仙從前就極喜歡對自己下這個咒。如此，不管遇到多麼難纏的客人，都能發自肺腑地堆起一張真誠的臉，笑得菊花一般燦爛，不至於一言不合便大打出手。但顯見得這不是個實誠法術，有違神仙的仙德，後來四哥同我一合計，便將它禁了。

倘若此番鳳九果真在自己身上下了兩生咒，唔，她又是為什麼要下這個咒的？我想了半天，沒想明白。下午打了個盹兒，揣摩著夜裡再去菡萏院走一遭。

卻不想鳳九十分善解人意，不用我過去，她倒先過來了。

當是時，我搭了個檯子，正獨自坐在後院用晚膳。稀星朗月，清竹幽幽，頗有趣致。吃得正高興，她背上紮了捆荊條，猛然從院牆上跳進來，正正砸在我飯桌上。一桌的杯盤碗盞應聲四濺，我慌忙端個茶杯跳開。

她悲苦地從桌案上爬下來，將背上有些歪斜的荊條重新正了正，四肢伏倒與我做個甚大的禮：「姑姑，不肖女鳳九來給姑姑負荊請罪了。」

我將沾到袖口上的幾滴油珠兒擦了擦，見她現下是原本的樣貌，並未用陳貴人的凡身，順眼得多了，便道：「妳果然是使了兩生咒？」

她臉皮紅了紅，讚嘆了聲姑姑英明，姑姑委實英明。

我對她這聲讚嘆深以為然，早年我大多時候糊塗，活到近來，便大多時候都很英明。

原本想將她扶一扶，但見她滿身的油水在月光底下珵亮珵亮，到底忍住了，只抬了抬手讓她起來，到一旁的石凳上坐著。

我從手中倖免於難的茶杯裡喝了口水，皺眉問她：「妳既是來報東華的恩，卻又為什麼違禁給自己使了個兩生咒？」

鳳九的嘴巴立刻張成個圓圈形：「姑姑怎知道我是來報東華帝君的恩？司命星君說東華帝君託生是個極機密的事，四海八荒沒幾個人曉得的。」

我慢條斯理地喝茶，做高深狀沒說話。

她猛一哆嗦：「姑姑，妳將東華帝君的一舉一動摸得這麼透徹，莫不是看上他了吧？」沉痛地扼腕道，「東華帝君確然是要比北海的水君長得好些，術法也高明些，輩分也與妳合襯些，可須知東華帝君是個石頭做的仙，姑姑妳看上他，前途堪憂啊！」

我望了望天上的月亮兒，漫不經心道：「算起來，四哥也快從西山回來了，這兩生咒當初還是他頭一個提出要禁了的。我記得從前青丘有個糊塗仙，以為這個禁制是個說說就算的禁制，依然不管不顧用了兩三回，最後彷彿是被四哥趕出了青丘？」

鳳九立刻從石凳上跳起來，將背上的荊條扶了扶，兩手一揖，拜下來恭順道：「侄女在東華帝君府上做侍婢時，曾做給司命星君一個人情。司命星君承了侄女的情，待東華帝君託生轉世時，便著了童子來通知侄女，算是將這個情還給侄女了。侄女不肖，當年受了東華帝君的大恩，卻遲遲無以為報，既得知帝君託生轉世了，便琢磨在他做凡人時將這個恩報了。帝君十四歲那年，侄女入得他的夢境，問他這一世有什麼成不了的願望，達不了的癡心。」

我打岔道：「那石頭做的東華說了什麼？該不是富貴江山皆不要，只願求得一心人吧？」

鳳九詫異得很：「姑姑，妳竟英明得這樣。」

我一口茶水噴了出來，這一世的東華，他竟，他竟俗氣得這樣?!

鳳九擦了擦滿臉的茶水，訕訕續道：「想是帝君在凡界時，早年受了些人情冷暖，便求侄女配他位一心愛他，不離不棄的女子。」

我沉吟道：「於是妳便將妳自己搭了進來？」

鳳九點頭又搖頭道：「其實也算不得將自己搭進來。司命星君曾與侄女看過東華帝君這一世的命格，帝君這一世裡注定遇不到真心愛他的女子，不過，在他三十七歲這年的六月初一韋陀護法誕上，倒能遇到個他一心愛慕的女子，可惜這女子愛的是他的兒子元貞太子。侄女此番雖是來報帝君的恩，但也不能平白改了他的命格。正巧半年前他的一位貴人陽壽盡，侄女思前想後，便暫借了這位貴人的肉身，想捧出一顆真心來，在帝君受他命中的情劫前，暫且先圓了他求一心人的這個念想。待到他真心愛慕的那位女子出現，侄女便算功成身退，如此，也算不得改他的命格。」

我低頭嘆道：「妳往日被他折磨得還不夠心傷嗎？這番他倒是要求一心人了。做神仙時他若也是這個願望，妳對他癡心那麼多年，不是早還清了。」

鳳九頹然道：「姑姑說得有理。侄女原本以為這是個極好辦的事。既然曾對帝君癡心過兩千多年，如今雖則斷了情，但要再尋點當日對他的感覺，照理應該不難。可哪曉得真心這個東西，也不是說拿便能拿得出，我醞釀了許多天，待藉著陳貴人的肉身見著帝君時，卻委實找不到愛慕之意，一兩句極尋常的情話也說不出，侄女覺得對不住帝君，惆悵得很。」

我安慰她道：「死灰不是那麼容易復燃的，舊情也不是那麼容易復熾的，妳不用這麼愧疚傷心。」

她凜然道：「然侄女畢竟已下了界，又承了冥司的冥主一個大情，保住了陳貴人的肉身，就這麼放手作罷，不將這個恩報了，總覺得吃虧。苦想了兩日，」她頓了頓，道，「侄女只得在自己身上下兩生咒。受法術的束縛，白日裡必得依照陳貴人生前的性子做出愛慕帝君的形容，太陽下山方能解脫。卻不想陳貴人生前是這樣的性情，每每入夜回顧一番白日的形容，侄女都覺得痛苦萬分，委實丟人。」

我違心道：「妳不用如此介懷，也沒有多麼丟人。」突然想起一件要緊事，我問她：「妳自化了陳貴人報恩以來，可有教東華占了便宜？」

她愣了一愣，搖頭道：「先前陳貴人便不是多得寵的。我借了她肉身後額間胎記長出來，被一個混帳真人判作妖花，帝君雖沒將我打入冷宮去，卻再沒到菡萏院來了。」

我訝然道：「那妳每日做些愛他愛得要死要活的姿態，卻有什麼意思？」

她鄭重道：「須知真心愛一個人，是件很需要敬業精神的事，萬不能當著別人的面愛，背著別人的面就不愛了。」

我打了個呵欠。

現今鳳九這個光景，倒還教人放心。若她能順順利利自己將這個恩報了，不用我與她的幾個叔叔擔著，也沒什麼不好。我通透地在心中過了一遭，正預備讓油水滴答的鳳九回去將自己洗洗睡了，平地裡，卻颳起陣瑞氣騰騰的仙風。

這紫竹苑，看來是福地。

今夜，看來是吉時。

折顏在半空顯了形，神色竟然頗為疲憊。蒼天大地，這是多麼難得一見的情景。該不會是他又做了什麼，將四哥惹著了吧？

我不動聲色地喝茶。

他果然道：「丫頭，真真這些天有來找妳嗎？」

那聲真真生生將鳳九激得一抖，聽了這麼多年，小丫頭竟還沒有習慣，真是可憐。

我搖頭道：「四哥不是去西山尋他的坐騎畢方鳥了嗎？」

他尷尬一笑：「前些天回來了。」繼而捂頭，「他那畢方鳥委實野性難馴。」

正要走時，想起什麼又回頭，與我道：「有件事忘了同妳說，妳去東海赴宴的第二日，天君的孫子夜華來桃林找過我，同我打聽三百年前妳的舊事。」

我驚詫道：「啊？」

他皺了皺眉：「我告知他五百多年前妳生了場大病，睡了兩百多年才醒過來，他也沒再問什麼便走了。丫頭，妳同他的這樁婚事，不會是又要黃了吧？」

五百多年前同擎蒼的那場惡戰自是不能同外人道，畢竟青丘與擎蒼並沒什麼冤仇，青丘的上神去拿擎蒼有些說不過去。

我沉吟片刻答他：「應該不會吧，並未見著夜華有要退婚的形容。」

他點頭道：「那就好。」側身對鳳九道，「真真很想念妳的廚藝，什麼時候得空便來桃林一趟吧。」鳳九頭偏向一邊：「沒有空。」

折顏瞧了眼她：「妳身上這個兩生咒下得不錯。」匆匆走了。

鳳九十分委屈地將我望著：「姑姑，他威脅我……」

要想在凡界尋一個敢於當眾將皇帝推下水的人才，十分難得。幫元貞渡劫的萬事皆已俱備，只欠推人這把東風。原想找鳳九當這個大任，結果她認真想了會兒，甚誠懇道：「我因受兩生咒的束縛，一到白日就要忘了自己平日形容，只以為自己天生就是陳貴人那般性情，思慕帝君思慕得日日垂淚嘔血。然依著陳貴人的性情，不攔著推人的，擾了姑姑妳的計策已是阿彌陀佛，卻讓那個時候的我去親手將帝君推下水，委實不大可能。」我琢磨著是這個道理，也就不再勉強。倘實在尋不著人，便只得我上了。但皇帝素來不喜修道人，屆時我能不能混水摸上皇帝乘的船，卻是個問題，需得考量。

好在元貞有個對他巴心巴肺的娘。倒並非道觀裡坐著的那個。縱然道觀裡那位對他也很操心，可終歸大頭的心是操在了修仙問道上，凡塵俗事少不得疏漏個一處兩處。凡塵俗事上亦對他巴心巴肺的，乃是元貞做神仙時的娘親，少辛。

少辛此番下界，原本是看看元貞的劫渡化得如何，既被我撞著，少不得讓她承下推皇帝落水的重責。

我的主意其實很合襯。屆時她用仙術隱了身，趁著那命中注定的美人出現時，大家都聚精會神地看美人，她便在皇帝身後將他輕輕一推，多麼輕鬆就能讓皇帝落水。可用仙術來幹這麼件事改元貞的命格，縱然她是個孕婦，終歸不道德，要遭自身法力的反噬，承些立竿見影的報應。

我將目光放在少辛挺起來的肚皮上，沉吟道：「妳來做這個事怕有些凶險，還是找個壯碩些的吧。」

少辛思索良久，表示可以由她的夫君北海水君桑籍，來完成這件缺德事。

第十一章　天命情劫

不幾日，六月初一。

司命星君的命格簿子載得不錯，皇帝果然率了文武百官並一眾的妃嬪往漱玉川上出遊了。我自住進皇宮以來，因不受皇帝待見，雖擔著太子他師父的名，卻並未封下階品。然禮部幾個主事的小官很有眼色，曉得我是個高人，硬是將我列入了百官之列，在那出遊的龍舟上，挨著幾個從八品的拾遺，占了個位置。這個位置乃是個只能見著皇帝後腦勺的位置。離皇帝三丈遠的另一個後腦勺，瞧著有些像陳貴人的。

卯日星君很給面子，在元貞小弟同東華帝君雙雙應劫的這個大日子裡，將日頭鋪得十分毒辣。半空裡三三兩兩飄著幾朵浮雲，也像是被熱氣兒蒸得快散了，懨懨的。

漱玉川的河道並不寬敞，皇帝的龍舟卻大，占了大半河面。河兩岸擠滿了百姓，估摸天剛亮便來河邊蹲著的才有好位置。

皇帝遊的這個河段並不長，京城的百姓卻多，是以許多沒在地上尋著位置的，都爬到了樹上或近處的民房上。

開船的小官十分艱辛，因河兩畔的堤岸上蹲滿了百姓，便定要將這船開在河的正中央，不偏左一寸，也不偏右一寸，才顯得出皇帝恩澤四海，一視同仁，既不便宜左邊的百姓，也不便宜右邊的百姓。因這是個極精細的活，有道是慢工才能出細活，於是，船便開得越發地慢。

一船人在大太陽底下，皆熬得兩股戰戰。

眼見午時將近了，我塞了兩枚金葉子與在船後忙活的一個小宦臣，著他幫忙請一請太子。小宦臣手腳麻利，我閉著眼睛還未歇上半刻，元貞已樂呵呵湊了過來。

今日他著了件天藍的織花錦袍，少年模樣很俊俏，見著我，眉梢眼角都是桃花地笑道：「師父這個時候叫元貞過來，是有什麼要緊的事？」

他雖有個刨根問底的脾性，我卻早已在心中盤算好，先頓一頓，做出莫測之態來，方攏著袖子深沉道：「為師方才胸中忽現一束道光，將平日許多不通透的玄理照得透白，為師感念你對道法執著一心，既得了這個道，便想教傳於你，你願不願聽？」

元貞小弟立刻作個揖，垂首做聆聽之態。

我肅然清了清嗓子。

在崑崙墟學藝時，我有些不才，道法佛法凡是帶個法字的課業，統統學得不像樣。但即便當年墨淵授這些課時我都在打瞌睡，也算是在瞌睡裡受了幾千年薰陶，與一介凡人講個把時辰道法，自然沒有問題。

我一邊同元貞講道，一邊等待司命星君命格簿子裡那位美人，眼看午時將過，有些著急。

講到後來，元貞欲言又止了半天，插嘴進來：「師父，方才房中雙修、養氣怡神那一段妳前前後後已講了四遍。」

我恨鐵不成鋼道：「為師將這一段說四遍，自是有說四遍的道理。四這個數代表什麼，你需得參。這段道法講了個什麼，你需得參。為師為何恰恰將這段道法講四遍，你亦需得參。學道最要緊的，便是個『參』字，似你這般每每不能理解為師的苦心，要將道修好，卻有些難。」

元貞羞愧地埋了頭。

因被他打了回岔，我想了半天，方才我是將一段什麼與他說了四遍來著？唔，暫且不管它，便接著房中雙修、養氣怡神繼續說吧。

我講得口乾舌燥，茶水灌了兩大壺下去，司命星君命格簿子裡那位美人，終於出現了。

我其實並未見著那美人，須知我坐的是船尾，縱然極目四望，也只能瞧見各種後腦勺。知曉那美人已然登場，乃是因見著了在天邊盤桓的，司命星君不惜血本借來的，西天梵境佛祖跟前的金翅大鵬。

我活了這許多年，從未親眼見過一個皇帝跳水救美人，頃刻便要飽了這個眼福，一時熱血沸騰。但因需穩著元貞小弟，少不得要裝得鎮定些，忍得有些辛苦。

河道兩旁百姓的歡呼乍然少了，船上也由前至後寂靜開來，我自眼風裡掃了掃那尚在天邊呈一個小點的金翅大鵬，以為，這詫然的沉默絕不該是它引起的。

想必驟然沒言語的人群，是被剛剛出現的美人迷醉了。

元貞小弟尚沉迷在道學博大精深的境界裡不能自拔，並未意識到這場奇景，我略覺安慰，一邊繼續與他弘揚道法，一邊暗暗地瞟越飛越近的金翅大鵬。

佛祖座前的這隻大鵬長得十分威武，原本一振翅要飛三千里，此番因是扮個凡鳥，飛得太剛猛有些不宜，是以縮著一對翅膀，從天邊緩慢地、緩慢地飄過來。許是從未飛得如此窩囊，它耷拉著頭，形容很委屈。

我眼見著金翅大鵬十分艱辛地飄到漱玉川上空來，先在半空中輕手輕腳地來回飛一圈，再輕手輕腳地稍微展開點翅膀，繼而輕手輕腳地一頭撲下來，又輕手輕腳地慢慢騰上去。我覺得，它想必一輩子都沒有飛得這樣纖弱文雅過。

可它這套謙然溫和的動作，看在凡人眼裡卻並非如此，耳中聽得他們驚恐萬狀號了一嗓子又一嗓子，號得我耳中一陣一陣轟鳴。我近旁的一個老拾遺顫著手指哆嗦道：「世間竟有這麼大的鵬鳥，這鵬鳥竟這般兇猛，飛得這樣快。」

元貞仍沉浸在美妙的道學世界裡，他在苦苦地冥思。我琢磨著那落水美人應該已經落水了，便氣定神閒地等著船頭桑籍推皇帝那撲通一聲。

船頭果然撲通了一聲，我欣慰地點了點頭，很好，桑籍將東華推下水了。

我這廂頭尚未點完，那廂卻聽陳貴人一聲尖叫：「陛……陛下不會鳧水啊……」緊接著又是撲通的一聲，緊接著撲通撲通撲通撲通很多聲。

我呆了一呆。

我的娘。

千算萬算卻沒算到東華這一世託的這個生是隻旱鴨子，如今卻叫哪個去救那落水的美人？

我匆匆趕往船頭，元貞想必也被方才陳貴人那聲乾號吼醒了，激動地搶在了我前頭。雖然出了這麼大個紕漏，但為今之計，卻也萬萬不能讓元貞下水。即便是連累東華的命格也改了，終歸比兩個的命格都改不了好。本上神鬧中取靜，因瞬時做出了這等睿智的決策來，一抬袖子，死死握住了元貞的手。

元貞於匆忙奔走中深深看了我一眼，繼續奔走。既是太子開道，我兩個一路暢通無阻來到船頭。擠過裡三層外三層的人牆，立在船頭的桅欄後。

隔著桅欄朝下一望。

這真是一道奇景。

漱玉川中花裡胡哨全泡著大大小小的官員，不會鳧水的邊嗆邊呼救命，會鳧的游來游去扎一個猛子游一段喊一聲皇帝，遇到個把不會鳧水卻也跳下來了的同僚，便攙著一同邊游邊找皇帝。

但河裡的人委實太多，這尋找就變成了件甚艱辛的事。

我因站在船上，俯望著整個河面，難免看得清明些，滿漱玉川的大小官員們要尋要救的皇帝陛下，此時正躺在嬌小的陳貴人懷裡，被抱著甚吃力一點點朝龍船游過來。

眼下這情景，我估摸是皇帝被桑籍神不知鬼不覺推下水後，陳貴人一聲「陛下不會鳧水」一語驚醒夢中人，皇帝座下這些忠心臣子為表忠心，急忙跳水救駕。但少不得有幾個同樣不會鳧水的，被這踴躍的群情振奮，咬牙一挽袖子也跟著跳了下去。尚存了幾分理智沒有被這盲目的群情所振奮的，大約想著別人都跳了就自己不跳有些說不過去，只好悲情地也跟著往下跳。皇帝貼身的侍衛們必然是會鳧水的，原本他們只需救皇帝一個，眼見著又跳下來幾隻旱鴨子，且還是國之棟樑的旱鴨子，自是不能放著不救，生生添了許多負累。這廂陳貴人已拖了皇帝上船了，那廂皇帝的侍衛們卻還在忙著救不會鳧水的國之棟樑。

這麼一鬧，那命格簿子上的落水美人，卻沒人管了。

元貞一心繫在他父親身上，自是無暇顧及那落水的美人，幾欲翻身下船救他父親，幸虧被尚且沒來得及跳下水的幾個七老八十的老大臣死死擋了。而皇帝本人尚自顧不暇，自然更沒多餘力氣去關注那位美人。

方才我眼風裡分神望了望，那美人自己游上了岸，邊哭邊走了。

皇帝被淹得半死不活。

因陳貴人是皇帝落水後唯一跳下去的妃嬪，且還一手將皇帝搭救上來了，地位自然不同。眾妃嬪皆被識大體的皇后讓在一旁嚶嚶啜泣，只得她一人能趴在皇帝龍體上，哭天搶地大喊：「陛下，你醒醒……你醒醒……你不能丟下臣妾啊！」

話罷捂著胸口吐了一口血，喊兩句又吐了一口。

幾個隨行的見過世面的老太醫慌忙躥過來將陳貴人與皇帝分開，訓練有素地配了額，各自哆嗦著打開藥箱分別與皇帝和陳貴人問診切脈了。

這一趟出遊再也遊不下去，腳下的龍舟終於可以發揮它水上馬車的長處，開船的小官再用不著小心翼翼把握方才那個度，太子一聲令下，揚眉吐氣地抖開旗來，唰的一聲便沿著水道朝皇宮奔去。

我窩在船尾處，招了那與我請元貞的小宦臣討了壺白水。元貞的劫算是渡化了，卻大不幸連累東華與那位落水美人生生錯過。我自然知道東華帝君身為眾神之主，諸事煩瑣，能籌出時日來凡界託一回生十分不易，此番卻生生被我毀了他歷情劫的機緣，我覺得很對他不住。

擦了把汗，喝了口白水，元貞這趟事，本上神做得終歸不算俐落。雖則做得不俐落，好歹也做完了。

掐指算一算，在凡界我已待了些時日，現今的凡界卻也並不比當年更有趣味。我揣摩著，明日去皇宮後的道觀同元貞那道姑親娘道個別，算有始有終，我便該回青丘了。但如今我身上沒一寸法力，如何回青丘，倒是個問題。

鳳九先前與我說，過了六月初一韋馱護法誕，待東華遇著他一心愛慕的女子，她便也該走了。此番東華的命格雖被略略改了些，終究同她沒大關係，且不說她今日還冒著性命之憂救東華於水火之中，該報的恩情通通都該報完了。我琢磨著，太陽落山之後去找一回鳳九，明日與她一同回青丘。

我回紫竹苑打了個盹兒。

伺候的侍女一雙柔柔的手將我搖醒時，已是黑燈瞎火。

鬆鬆用了兩口飯，著她拿來一個燈籠，提著一同往菡萏院去。

白日裡的皇宮已很讓人分不清東南西北，入了夜，宮燈照著四處皆昏黃一片，似我這般在皇宮裡住了兩月不滿的，哪個台是哪個台哪個殿是哪個殿，便更拎不清。拎燈籠的侍女卻一路分花拂柳熟稔得很，我默默地跟在後頭，心中一股敬佩之情徐徐蕩漾。

路過花園一座亭子，不想被乍然冒出來的元貞小弟截住。侍女福了福身道了聲太子殿下。元貞兩隻手攏進袖子，虛虛應了。轉頭瞟了我兩眼，支吾道：「元貞有個事情想同師父商量商量，師父能不能同元貞去那邊亭子裡站站？」

湊近一看，他那模樣竟有幾分靦腆羞澀，我心中一顫，下午因他要去顧看他爹，我未陪他一處，他這番形容，該不會命裡一根紅線還是纏上了那落水的美人吧？若真如此，司命星君的一本命格簿子，便委實強悍。

元貞將我領到亭子裡，坐好。晚風從湖上吹過來，頗涼爽。

我瞧著他那一副懷春模樣，默然無語地坐在石凳上。

他傻乎乎地自己樂了半天，樂夠了，小心翼翼從袖子裡取出一件東西，獻寶似地捧到我面前：「師父妳看看，它可愛不可愛？」

我斜斜朝他掌中一瞟，這一瞟不打緊。

我在心中悲嘆了一聲，元貞啊元貞，你這愁人的孩子，你可曉得你手中捧著的是什麼？

元貞小弟顯然不曉得自己手中捧的是什麼，眉飛色舞道：「中午船方攏岸，元貞因要穩住隨行的百官，於是落在最後。這小乖乖直直從天上掉下來，啊，那時它並不這麼小，張開一雙翅膀竟有半個廂房大，十分威武。眼看就要壓在元貞的身上，小乖乖卻憐惜人得很，怕傷了元貞，立時縮得這麼小一個模樣，撞進元貞的懷裡。」

端端窩在元貞手心裡的小乖乖——西天梵境佛祖座前的金翅大鵬，現下化作了個麻雀大小，雖是同麻雀一般大小，卻仍擋不住一身的閃閃金光。它在這金光中耷拉著腦袋，神情十分頹靡。聽到一聲小乖乖，便閉著眼睛抖一抖。仔細一瞧，它兩條腿上各綁了個鈴鐺。這鈴鐺是個稀罕物，本名喚作鎖仙鈴，原就是九重天上用來鎖靈禽靈獸的什物。怪不得金翅大鵬不能回復原身，只能這麼小小的做塊砧板上的肉，任人調戲宰割。

中午這金翅大鵬方從天邊飄過來時我就有些擔心，它這麼縮手縮腳地飛，難免半空裡抽一回筋。想必我這擔心果然應驗了，它才能正正砸進元貞懷中吧？

我瞧著金翅大鵬腿上的鈴鐺出神。元貞湊過來道：「這個是先前的師父給的，我十二三歲的時候，道觀後有一頭母獅子精哭著鬧著要做我的坐騎，師父就將這個送給我約束那頭母獅子精。後來這頭母獅子精卻被隔壁山的一頭公獅子精拐跑了，這副鈴鐺也一直擱著沒什麼用處，此番正好給小乖乖使。」

小乖乖又抖了抖。

我點頭唔了一唔，誠懇勸他道：「你考慮得雖周全，但你手上的，呃，這位，卻是個有主的，你若將它私藏了，待它那主人找著來，怕是有些難辦。」

他皺著臉幽怨道：「所以元貞才要同師父商量商量，師父是高人，能不能同元貞討一討小乖乖。小乖乖是個靈禽，它的主人自然也很不凡，元貞一介凡人，壽辰有限，待到元貞命歸黃土，自然要將小乖乖還給他的。」

我看了一眼小乖乖，小乖乖在拚命地搖頭。但它此番是個鳥，並不比化人時脖子靈活，腦袋一動便牽連得全身都動。元貞將它遞到我脖子跟前，道：「師父，妳瞧，小乖乖聽說我要養它，也很振奮呢。」

小乖乖倒下去做垂死掙扎狀。

元貞哀切而又希冀地將我望著，我心頭一熱，覺得他說得也有幾分道理；再想到他被我毀了姻緣，原本充實的後半輩子必將十分無聊，養一隻珍愛的靈禽放在身邊，多少可得些慰藉打發時間；進而想到他既然喚我聲師父，便算我的弟子，當初我卻連個拜師禮也沒給他，委實不大像樣。前前後後一思量，覺得去西天梵境同佛祖說說，將他這金翅大鵬再借一段時日，應該也不是多大的問題。

我斟酌點頭道：「好吧。」

小乖乖嘎地嗚咽了一聲。

元貞驚喜地將小乖乖放進袖子裡，握住我的手道：「師父，妳竟應了，元貞不是在作夢吧？此前元貞還保不住以為這只能算元貞的癡心，沒想到師父妳竟真的應了元貞……」

他還要繼續說下去，半空裡卻響起一個甚清明的聲音：「你兩個在做什麼？」

這聲音耳熟得很。

我仰頭訝然一望。

月餘不見的夜華君正端立在半空中，背對著冷月清輝，面上涼涼地，目光灼灼將我和元貞小弟望著。他身後同站了位神仙，著一身寶藍衫子，唇畔含笑，面容柔和。

在凡界月餘，除了駐紮在菡萏院中的鳳九，成日在周遭轉來轉去的全是些生面孔，此番見著個熟人，且是個能將我周身封了的法力解開的熟人，我有點激動。近來閒時瞧的戲本子，演到知己好友久別重逢，大多是執子之手將子拖走……拖去街邊的小酒樓邊喝小酒邊訴離情，這才是好友重逢的正經。

夜華與我雖算不上久別，也實打實小別了一番，他此番卻冷冷站在半空中，連個正經招呼也不同我打，我覺得不大受用。

元貞握住我的手，微微地發著抖。我安撫地看了他一眼，肅然與半空中兩位瑞氣騰騰的神仙道：「二位快從天上下來吧，月黑風高的，二位縱然仙姿飄逸，遇到個把不能欣賞的凡人，將他們驚嚇住就不太好了。」

我這番話說得體面，寶藍衫子神仙合掌揖了揖，先騰下雲頭來。夜華眼風裡掃了元貞一眼，也落下雲頭來。

元貞顯然就是那個把不能欣賞的凡人，我估摸他今日受驚嚇得狠了，正待喚候在遠處提燈籠的侍女將他攙回去歇著。放眼望過去，那侍女卻已趴在了地上，燈籠歪在一旁。唔，看來對於夜華二位的仙姿，她也不大能欣賞。

元貞的手抖得更加厲害，我在心中嘆了一聲，我白淺生平第一個徒弟，竟是個見了神仙就腿軟的。

我覺得應該溫厚地撓撓他的頭髮，給他一點慰藉。

手還沒抬起來，卻被他滿面的紅光嚇了一大跳。

此刻的元貞，一張臉紅如一顆紅心鹹鴨蛋，一雙炯炯有神的眼珠子亮晶晶盯著我：「師……師父，我竟……竟見著了神仙，我……我還是第一次見到活的神仙……活的神仙哎……」

我默默無言地將手縮了回去。他喜孜孜兩步跑到夜華跟前，恭恭順順作了個揖，腆然道：「上古軒轅氏修德振兵，治五氣，藝五種，撫萬民，度四方，引來鳳凰繞樑，此番兩位神仙深夜來訪，可是因為我父皇德政昭著，上達了天聽？」

我暗嘆兩聲。小子，不是你皇帝老子的德政上達了天聽，乃是你同你皇帝老子的情債上達了天聽。

夜華似笑非笑，打量一番元貞，眼風裡瞟了我一眼道：「要讓太子失望了，本君此番下界不過是來尋妻，算個私事。」

元貞看了他一眼，又順著他的眼風看了我一眼，抓了抓頭，一臉茫然。

我訕訕與元貞笑道：「是來尋我的，是來尋我的。」

元貞如雷打了的鴨子般，十分震驚地望著我。夜華側頭，欣賞亭外黑漆漆的湖面。

我在心中略略一過，覺得同元貞的這趟緣法已了，明日我便要走了，夜華來得不早不晚，今日他們又有這個仙緣能晤一晤面，倒正好趁此時機編個因由，在這裡同元貞道個別。

我這廂因由還沒編得通透，立在一旁不言不語的寶藍衫子卻已將一道金光直劈元貞面門，元貞立仆。

寶藍衫子向我赧然一笑：「姑姑不必掛心，小神不過是消了元貞殿下今夜對君上及小神的記憶罷了。經姑姑妙手，元貞殿下如今的命格已十分圓滿，但小神唯恐他因見了兩個真正的神仙，又生出什麼煩惱和魔障。且帝君的命格今次因了元貞殿下的勢，變得略有些不同，小神此行正是為的來補救一番，還煩請姑姑指一指路，小神此番須尋令侄鳳九殿下幫個忙。」

這寶藍衫子忒會說話，東華那命格被元貞小弟帶累得，豈是略有些不同。

我是個大度的神仙，他這一通搶白，說得句句是道理，他這麼會說話，面容又長得和氣，我自然不好冷起臉來再為元貞那一撲討個什麼說法。左右都撲了，就繼續撲著吧。

夜華悠然與寶藍衫子道：「你請她指路，便是走到明日清晨，將整個皇宮逛遍了，也定逛不到鳳九住的院子去。倒不如拘個土地問問。」

寶藍衫子詫異地望我一眼，自去拘土地了。

我乾笑了兩聲。

今日夜華不同尋常，說話暗暗有些夾槍帶棒，怕是在天上受了什麼氣。

因我已將元貞的劫渡完了，夜華自然不能再封著我的法力。正巧寶藍衫子將土地拘了出來，我便跟著他們三人一同去菡萏院，省得在認路上費心思。

臨走時見元貞還仆在地上，夜裡風涼，元貞小弟的身子骨雖不纖弱卻也不大壯實，病一場就有些受苦。本上神是個和藹慈悲的神仙，最見不得人吃苦，著了寶藍衫子使個術將元貞小弟送到他寢殿躺著。

夜華涼涼地瞟了我一眼。

在路上我已琢磨明白，從寶藍衫子方才那一番話中，已很看得出來，他便是南極長生大帝座下的司命星君了。

夜華曾說這位星君脾氣怪，依我看，倒挺和順嘛。

他此次同這位司命星君既是為補救東華的命格而來，方才那句尋我便明擺著是句戲言了。我本性其實是個包不住話的，看這一路上的氣氛又這麼冷清，忍不住要與夜華開開玩笑：「方才我還聽你說是來尋妻的，此番這麼急巴巴地卻往鳳九的居處趕，唔，該不是看我們鳳九風姿卓然，心中生了愛慕吧？」

他偏頭看我一眼，也不知在想什麼，眼中竟生出隱隱的笑意來，卻沒答我的話。

本意是要刺他一刺的玩笑話，不想碰個軟釘子，我討個沒趣，不再言語。

寶藍衫子的司命星君卻在前頭噗哧一笑道：「哦，今日君上火急火燎地將小神從天后娘娘的蟠桃會上叫下來，說是有位上神改元貞殿下命格的時候，不小心將東華帝君的命格連帶著改了，屆時東華帝君歷不了劫，重返正身時怕與這位上神生出什麼嫌隙。天后娘娘的蟠桃小神一個也沒嘗著便被君上踹下界來補救，卻不想這位上神，原是姑姑的侄女兒鳳九殿下嗎？前些時日小神見著鳳九殿下時她還是個神女，此番已修成上神了？動作真正地快。」
夜華咳嗽了聲。
我打了個乾哈哈與司命道：「是快，是快。」
已到得菡萏院大門口，夜華從我身邊過，輕飄飄道：「司命來補東華的命格，我便順道來看一看妳。」話畢隱了仙身，閃進菡萏院大門。
我愣了一愣。
土地十分乖覺，做神仙做得很本分，將我們引到菡萏院門口便告退了。司命星君在我一旁做出個恭請的姿態來，我很受用地亦隱了仙身，隨著夜華一同入了菡萏院大門。這座菡萏院今日納了這麼多神仙，往後千兒八百年的，都定然會是塊福地。
鳳九正在燈下沉思，神情甚悲催。想必回憶起白日裡在文武百官眾妃嬪跟前號的那幾嗓子，覺得丟人了。見著我們一路三個神仙在她面前現出正身來，也並不驚訝，只淡淡朝外屋喊了句：「玉瑠，客至，奉茶……」

我一把捂住她的嘴：「小祖宗，回神了。」

鳳九抖地一愣，打了個激靈，看見是我，一把抱住我的腰，音帶哭腔道：「姑姑，我白日裡又丟人了。」

我安慰她道：「幸而妳暫借的是那陳貴人的凡身，丟的算是那陳貴人的人。」

鳳九埋在我懷裡搖了搖頭：「我還壞了帝君的命格。方才我細細思量了一回，我從船板上跳進河中救帝君時，曾瞄到那被金翅大鵬颳下水的女子是會鳧水的，若我不多事下一趟水，指不定那女子就將帝君救上來了，如此他兩個也不能錯過。我本打算今日過了就回青丘的，我暫借的這個陳貴人原本是個不得寵的，縱然今夜就升天了也掀不起什麼大波。可此番我多事地救了帝君一遭，今日帝君在昏迷中竟一直拉著我的手，妳沒見到，剛醒來時他一雙眼睛望著我，深情得都能掐出水來。」

我打岔道：「許是妳看錯了，他在水中泡久了，泡得一雙眼睛水汪汪的也未可知。」

鳳九抬起頭來滿目淒然：「可他還說要升我的階品。」

我默默無言地拍了拍她的背。

司命星君端了杯冷茶興致勃勃地湊過來：「妳是說，東華帝君此番已對妳種了情根？」

鳳九大約此刻方才察覺這屋裡除我外還有兩個神仙。我覷了覷坐在一旁喝茶的夜華，與鳳九道：「那是九重天上的天君太子夜華。」

卻不想鳳九忒不給夜華面子，一雙眼睛只死死盯住司命星君，盯了半晌，方哭喪著一張臉道：「司命，你這寫的什麼破命格啊。」

我覺得鳳九這麼明目張膽地無視夜華不大好，對夜華抱歉地笑笑，他亦一笑，繼續從容地悠悠飲茶。

鳳九那一句破命格想是有些刺激司命星君。正譬如你不能對著登科的狀元說他胸無點墨，亦譬如你不能當著青樓的花魁說她面容庸陋。歸根結底，一個人賴以吃飯的東西，是斷斷侮辱不得的。

司命捧著那盞冷茶，嘴角抽了抽：「開初定帝君的命格，確然定得不濟。不過，帝君既已對殿下種了情根，為今之計，也只能請殿下委屈著陪帝君唱一台戲。帝君此番投生，特地要歷的劫當中，情劫占了個大頭。原本帝君的這個情劫要由那落水的女子來造，如此，只能委屈殿下來造了。」

鳳九委屈道：「為什麼要我來造？我此前欠他的恩情已悉數報完了，你不幫我想個脫身之法，卻還要我留下來幫他造劫，司命，你罔顧我們多年的交情。」

司命閒閒地拈了茶蓋浮杯中的茶水：「正如殿下方才所說，乃是殿下妳亂了帝君的命格，讓殿下與帝君造劫，便是補償了。若殿下執意不肯，待帝君這一世壽盡回復正身時，再去與帝君請罪倒也不遲。」

我不忍道：「這與小九卻沒什麼關係的，原本是我改了元貞的命格才牽出這些事情……」

司命趕緊擱了茶杯站起來朝我恭順一拜：「姑姑有所不知，天命講的是一環扣一環的理，上面一環的因結出下面一環的果，鳳九殿下正是帝君這個果上面的因。鳳九殿下既被捲進了這樁事，且她還用了兩生咒施了法力，若帝君的命格被大改了，殿下必然要遭些反噬。小神方才提的那個法子，乃是唯一萬全的法子。」

我無限傷感地看著鳳九。

鳳九淒涼地跌回椅子，淒涼地倒了杯茶，淒涼地喝了一口，淒涼地與司命道：「既是要讓我來造這個劫，卻與我說說，該怎的來造？」

她已然認命了。

司命星君輕言細語道：「只需殿下妳先與帝君些甜頭，將帝君一顆真心拿到手，待彼時帝君對殿下一往情深，再把帝君的這顆真心拿出來反覆踐踏蹂躪就行了。」

鳳九打了個哆嗦，我也打了個哆嗦。

司命補充道：「屆時小神與殿下擇些戲本子，正可指引一番殿下如何，呃，如何踐踏人的真心。」

鳳九趴桌子上哭去了。

卻聽到外頭的宦臣通報皇帝駕到。我憐憫地揉了揉鳳九的頭，與夜華司命一道穿牆走了。

他二人一路護送我到紫竹苑外，夜華將我摟了一摟，道：「我尚有些事情積在身上，妳明日先回青丘，兩三日後我便也回來了。」話畢轉身遁了。司命方才說，他們皆是從蟠桃會上溜出來，此番需得快快趕回去。

我在原地站了一會兒，覺得方才那滋味隱隱有些熟悉，又說不上來熟悉在什麼地方。夜華似在青丘已很住了些日子，聽他方才這個話，卻不像是快走的形容，他到底打算住到什麼時日才算個頭？揣摩了一會兒，覺得睏意襲來，撓了撓頭，轉進屋睡了。

第十二章　請君入甕

第二日睡到巳時方從床上爬起來，睡得十分滿足。

同元貞他娘辭行時，他娘很捨不得，但因我是位高人，她意知不可挽留，只唏噓了幾聲，便也道別了。

因這麼一趟耽擱，近午時才回到青丘。

我不過下界兩月，青丘自是沒甚變化，山仍是那些山，水仍是那些水。卯日星君仍是對這處地界特別寬厚，日光灑得剛好，不十分厚也不十分薄。

狐狸洞門口見著小別的迷穀，我戲謔道：「這麼些時日，沒了我來時時著你些差事，你過得挺逍遙嘛。」

迷穀含蓄地笑了笑，奇道：「姑姑不是昨日回來的嗎？還去辦了那麼一樁大事，說這些話，倒像是剛剛才從凡界回來的形容。」

我愣了一愣，亦奇道：「昨日我尚且還在凡界，確然是現在才回來的。」

迷轂一張臉漸漸雪白，喃喃道：「那昨日回來那個……」

我一愣，一凜。

若是哪個變化作我的模樣，以迷轂的修為斷然不會看不出來，倘這世間有一個人，連迷轂看著都覺得是我，那只可能是……

我閉了閉眼。

玄女。

很好，很好，這七萬年我未曾去找過妳的麻煩，妳倒是找到我青丘來了。

我深深吸了口氣：「昨日來的，應該是玄女。」

迷轂兩眼發直，唇咬得雪白。

我看他神色不同尋常，問道：「昨日她怎麼了？」

迷轂顫抖道：「昨日……昨日她來時，與我說……說找到了保住墨淵上神仙體的新法子，著我將上神的仙體交與她。我……我以為她是姑姑妳，便去……便去炎華洞將上神的仙體抱了來。恰逢……恰逢小殿下午睡醒來，見著妳，不，見著她以為是妳，十分高興，她便……她便將小殿下帶著一同走了。」

我心頭巨震，抓住迷穀衣領道：「你是說，她將師父和阿離都帶走了？」

迷穀臉色灰白，死死盯著我的眼睛：「姑姑，是我將墨淵上神的仙體交給她的，妳將我賜死了吧。」

半空裡雷聲轟鳴，烏雲滾滾，一把閃電劈下來，五百多年未使過的玉清崑崙扇在面前的湖泊裡顯出真形，揚起的七丈水瀑中，映出我一雙赤紅的眼。

我笑道：「扇子，今日怕是要讓你再嘗嘗血氣。」

迷穀在身後啞著嗓子喚我：「姑姑。」

我轉過臉瞧他，安撫道：「我不過去打一場架，將師父和糰子一同帶回來，你不用如此驚慌。唔，先燒一鍋水放著，我回來要洗個澡好好解乏。」

遂取出白綾緊緊縛住雙眼，捏了個訣，騰上一朵濃黑的雲，直逼大紫明宮。

上古時候，一些孽障太深的魔族會遭天罰，生出死胎。傳說有個叫接虞的女魔因殺孽太重，曾一連三胎都是死嬰。後來接虞想出一個辦法，將死嬰的魂魄用術法養著，殺了一位上仙，再將死嬰的魂靈放入這上仙的仙體中，死嬰便活了。鬼族之亂後的一萬年，折顏來青丘看我，曾有意無意提到，離鏡的這位王后，生下的便是個死胎。

玄女，若此番妳膽敢濫動墨淵的仙體，莫怪本上神不顧兩族情誼大開殺戒，血洗大紫明宮。

七萬年前戒備格外森嚴的大紫明宮宮門如今卻無人把守，想是請君入甕。若我還是七萬年前那個白淺，那個尚須墨淵深夜相救的白淺，我冷笑一聲。手中的崑崙扇略有些躁動，我將它抵在唇邊低聲道：「你可是聞到血的味道了？」

大紫明宮王后的流影殿前，玄女正襟危坐在一張金榻上，一左一右皆列滿了鬼將。她笑道：「淺淺，七萬年別來無恙，聽陛下說司音神君是個女子，本宮便料到是妳。在崑崙墟初見司音時，本宮便很驚詫，除了淺淺妳以外，竟還有人同本宮長得這樣像。」

我柔和笑道：「王后說笑了，妳可不是長得這樣的，老身的記性一向好，至今尚記得妳當初那張臉，王后卻忘記了嗎？唔，十里桃林的折顏上神近來空閒，若王后當真忘了，老身不嫌麻煩，倒可以將他請來這裡，幫妳想想。」

她一張臉紅裡透白，白裡透青，煞是好看。良久，咯咯笑道：「不管怎麼說，今天在這裡將妳的命取了，世間便再沒人能同本宮一樣了。自昨日得了墨淵的仙體和妳的兒子，本宮便知妳是要來找本宮的，本宮一直等著妳。當初本宮就曉得，即便沒有玉魂，妳也會將墨淵的仙體保下來，嘖嘖嘖，妳果然沒令本宮失望，只是讓本宮找了這麼久，卻是個罪過了。墨淵的仙體被妳養得不錯，本宮很歡喜本宮的兒子能得到個這麼好的身體。淺淺，看在妳這分功勞上，本宮會叫他們給妳一個痛快死法。」話畢那金榻往後一退，兩列鬼將齊齊朝我湧來。

我冷笑道：「便看你們有沒有這個本事吧。」

半空一聲驚雷，玉清崑崙扇從我手中躥出去，四面狂風呼嘯而起，崑崙扇長到三尺來長，我縱身一躍，將它握在手中，底下鬼將們的兵器明晃晃一片，直砍過來。

扇子挽個花，將一眾的刀槍棍棒格開，再揮出去，招招都是致命。扇子很多年不曾打架，此番舞得十分賣命，穿過一副又一副血肉軀體，帶出的血痕淋漓一地。這兩列鬼將中也有打得不錯的，兵器刺過來的角度刁鑽有力，好幾次差點將我穿個窟窿，被我險險避過。彼時我正占著上乘，然他們一幫人委實太多，自午時布陣，直打到日落西山，鬼將死傷得還剩下兩三個。我肩背上淺淺挨了一刀，縛眼的白綾也在纏鬥中不慎被扯落下來。

眼睛是我的弱處，場外的玄女忽祭出一顆金燦燦的明珠，晃得我眼睛一陣刀割般地生疼，一個恍神，當胸中了一劍。玄女哈哈笑道：「若陛下現今在宮中，也許妳還有活命的機會，可妳竟來送死得這麼不巧，陛下正狩獵去了，嘖嘖嘖，滿身的傷痕真教人心疼，此番卻叫哪個來救妳？斛那，將她的命給我取了。」

尚未見著墨淵一面就死在這裡，便委實太可笑了。身上的痛遠沒有心中的痛甚。當胸的一劍直達後背，刺中我的名叫斛那的鬼將顯見得十分得意。一得意便少了許多警惕，我將劍刃生生握住，扇子狠狠揮過去，他尚未反應過來，腦袋已被削掉了。所以打架的時候，萬萬不能掉以輕心。金光照得我睜不開眼，卻不得不睜開眼，眼角有東西流出來，先前還說得高興的玄女此時卻沒了聲音。僅剩下的兩名鬼將亦十分難纏，可終歸少了第三個人來牽扯我，扇子飲血又飲得正是興起，半盞茶的工夫，便一併做了扇子的祭品。

玄女舉著明珠顫抖道：「妳別過來，妳再過來，再過來我便將墨淵和妳兒子一同毀了。」她背後正是不知什麼時候移來的兩副冰棺，一副大的，一副小的，大的躺著墨淵，小的躺著糰子。我眼前一片血紅，縱然血紅也還勉強辨得出墨淵蒼白的容顏。

我停下步子，摺扇撐著地，怒極道：「妳將阿離怎麼了？」

她雖仍在顫抖，卻鎮定許多，靠著冰棺道：「如今他只在沉睡罷了，不過，妳再走近一步，我便不保證他會怎麼了。」

我費力地盯著她，眼角的血似乎流得更快。

她得意道：「將胸中的劍拔出來，把手中的摺扇丟給我。」

我沒搭理她，繼續撐著摺扇走過去。

她驚慌道：「叫妳不許過來，妳再過來我就一刀將妳兒子砍死。」

果然，她的手中又多了把刀。

我抽了抽嘴角，笑道：「左右我今天進來這大紫明宮，也沒想過再出去，妳將他殺了吧。妳將他殺了，我再將妳殺了替他報仇，想必他也欣慰得很。我守了墨淵七萬年，他一直沒回來，我也活得很百無聊賴了，若阿離一個人害怕，我便陪著他一起去了就是。唔，妳我都活了這麼長的年月了，大家都把生死看開點。」

她已是語無倫次，慌亂道：「妳瘋了，妳瘋了。」

我擦了把眼角流下的鮮血，覺得自己是有那麼點瘋，卻也算不得太瘋。眼前這個人，她辱我的師尊，傷我的親人，我如何還能嚥得下這口氣，今日不將她斬於崑崙扇下？

玉清崑崙扇一怒，怒動九州。扇子今日飲了足夠多的血，十分興奮。大紫明宮上空電閃雷鳴，傾盆大雨將一地的血污混成一條血河。玄女歇斯底里道：「妳不能殺我，妳殺了我陛下會將妳青丘踏成平地的，妳怎能連累妳一國的子民？」

我咧嘴笑道：「那時我們都死了，人都死了還管身後事做什麼？」

何況青丘的子民雖不好戰卻並不是不能戰，離鏡若要將我青丘踏平，也要些本事。

因想到此處，就免不了再補充兩句：「妳若真這麼擔心這些身後事，倒不如擔心擔心天族的那位太子將你們鬼族夷為平地。妳此次劫了他兒子，還打算將他這唯一的兒子給殺了，相信我，以他的個性，委實有可能將鬼族踏平。」

她似不能反應，我也不打算繼續讓她反應了。崑崙扇已蓄足了力量，一道閃電的盛光中，急急從我手中飛出去。玄女跟前卻忽然掠過一個人影，生生將崑崙扇的攻勢逆轉到我這一方。驚魂甫定的玄女抓著那人的衣袖，顫巍巍叫道：「陛下。」

崑崙扇始發之時便是用的殺人的力，飛得很急，此番被這麼一擋，回勢更加猛烈，我方才已用盡全力，須臾間委實沒力氣再避，咬牙閉眼，能葬身在自己的兵器下，我這一生也不算冤了。卻在閉眼的一瞬間，被誰緊緊抱住往旁邊一個騰挪。我轉頭看著抱住我的這個人，夜華啊夜華，你是掐著時辰來的嗎？你哪怕提前個片刻來，我也不至於傷得這樣。

夜華臉色鐵青，嘴唇緊抿著，一貫沉寂的眼眸中怒火洶湧翻滾。玄色長袍的襟口處因是白的，被我臉上的血染得一片殷紅。崑崙扇引動的騰騰怒雨被格在仙障外，嫩棗大的雨滴打在仙障上，濺起碩大一片雨霧。他用手撫摸我臉頰的血痕，輕聲道：「淺淺，是誰將妳傷得這樣？」

我動了動道：「傷我的都被我砍死了，還有個沒砍死的方才正準備砍，被她突然冒出來的夫君擋住了。哎，你抱得鬆一點，我全身都疼得很。」

對面尚摟著玄女的離鏡猛地抬起頭來，似乎極為詫異，不能置信地喚道：「阿音？」

被他護在懷中的玄女身子顫了一顫，一雙眼望過來，驚恐地睜大了，訥訥道：「墨淵上神。」

想是將夜華認作了墨淵。

我勉強與離鏡道：「不想這麼快就又見著了，鬼君好手法，老身方才差點就被鬼君一招斃命了。」

他丟了玄女急行幾步到我面前，卻因夜華的仙障擋著，無法靠得更近。我如今這一身猙獰狼狽得很，看得出來他在細細辨認。

崑崙扇受牽引之術的召喚，已重回我手中，我讚嘆道：「鬼君娶的這位王后果然不錯，即便七萬年前那場惡戰，老身亦沒被逼得這樣過，今日領教了。」

離鏡的臉色比我這嚴重失血的人還要白上幾分，惶惑道：「阿音，太子殿下？這，這是怎麼一回事？」

鬆鬆摟著我的夜華沉聲道：「離鏡鬼君，本君也正想問問你大紫明宮，這是怎麼回事。」

我回頭與夜華道：「你這話卻問錯了對象，左右是玄女王后擄了我師父與你兒子，你原該問問離鏡鬼君的這位王后才是。哦，糰子暫且沒事，你不必憂心。」

夜華柔聲道：「那也是妳的兒子。」

繼子也是兒子，我違心道：「好吧，也是我的兒子。」

離鏡訝然道：「兒子？」我點了點頭。他眼神明暗了幾番，「妳……」妳了半日沒妳出個所以然來，又回頭去望玄女，夜華也望著玄女，我見他們都在望玄女，便也就一同望著玄女。

她手中的那顆明珠早被夜華一道電閃劈得粉碎，跪倒在糰子的冰棺跟前，見著離鏡望她，眼神迷亂道：「陛下，陛下，我們的兒子終於能回來了，你看，我給他找了個多好的身體。早知道墨淵的身體對我們的兒子有用，當初白淺那賤人來我們大紫明宮向你討玉魂，你原該給她的。啊，不過想不到，沒有玉魂她也能將墨淵的身體養得這樣好。陛下，你往日嫉妒墨淵，從今往後卻萬萬不能這樣了，他就要是我們的兒子了……」

離鏡大喝一聲：「住嘴！」

玄女茫然道：「陛下，難道是我說錯了，你當初不願將玉魂給白淺那小賤人，不就是因為嫉妒墨淵嗎？可如今他就要是我們兒子了，啊，對了，你還不知道白淺那小賤人是誰吧？青丘的白淺，她就是當年的司音神君呀……」

夜華的手一震。

我掙開他的懷抱，撐著崑崙扇走出仙障，冷笑道：「玄女，妳盡可以試著再辱我師父一句，試著再辱我一句，我師父的仙體無上尊貴，受了我七萬年的心頭血存到至今，怕是妳的兒子承受不起。」

離鏡猛地轉過身來，雙目赤紅，幾步到我面前：「心頭血，妳是說……」

我退後一步，恨聲道：「鬼君當初是怎麼以為的，以為我沒你的玉魂便保不住自己的師父？玄女說的鬼君可是聽明白了，青丘的白淺本就是一頭九尾的白狐，九尾白狐的心頭血有什麼功用，你正可以去問問你的王后。」我指著自己的胸口，斛那鬼將的那支劍尚刺在左胸處，沉沉笑道，「那時候師父的仙體傷得很重，需每夜一碗心頭血連養三月，我在那場戰事中身體受損得也很嚴重，若每夜取自己的心頭血養著師父，怕支撐不過三個月，想著你我總算早時存了些情誼，厚著臉皮來你大紫明宮求賜玉魂，彼時，離鏡鬼君，你卻是怎麼同我說的？」

他啞聲道：「阿音，那時我並不知妳重傷在身，我也並不知道，阿音……」

我擦了把臉上的雨水，指著墨淵的冰棺笑道：「你可知道，我是怎麼支撐過每夜取心頭血的那三個月的？如今，若說我白淺還是個善神，也只是因為我還有分知恩圖報的心，師父佑我兩萬年，時時救我於水深火熱之中，不將這分恩情報答與他，我白淺就枉稱一個上神。算我無能，彼時連取了七夜心頭血，便毫無知覺，若不是阿娘及時趕到，渡我一半修為，司音神君便真如傳說所述仙跡永失了。你可還記得當初我所說的，同你們大紫明宮不共戴天？如今，我念著神族與鬼族好不容易建起來的情誼，不與你們大紫明宮為敵，你還當真以為我是怕了你們不成？」

離鏡竟面露淒涼之色。

因方才那番話說得太用力，牽扯身上的傷口，當時不覺怎麼，如今停下來喘氣，卻覺疼痛難忍。很好，這痛也是一會兒一會兒的。

我壓抑著咳嗽了兩聲，夜華趕緊過來將我攙著，方才我同離鏡敘舊，沒注意到他已將墨淵同糰子從冰棺裡救了出來，正用一團仙氣護著，端端立在他身後。這麼看他與墨淵更是相似，從頭髮到服飾，除了墨淵的臉色蒼白些，兩人竟沒什麼不同了。

離鏡仍將我定定望著，頓了良久，才道：「阿音，不是這樣的，那日，那日妳離開之後，我找了妳很久，便是這七萬年，我也未曾片刻停止尋妳。後來我想了很多，阿音，玄女說得對，當日我不與妳玉魂是因為知曉妳要用它來救妳師父。我嫉妒他，阿音，我其實，我其實從未對妳忘情。」

他這一聲未曾忘情令我驚了一跳，我定了定神，嘆道：「離鏡，你不是未對我忘情，你這一生永遠都在追求已失去或求不得的東西，一旦得到了，便絕不會再珍惜了。」

他眼中竟蓄出淚來，又是良久，澀然笑道：「妳這樣說，只是想少些負擔是嗎？妳當初便從未愛過我對不對，所以我同玄女一處，妳才放手得如此瀟灑，那時候，妳早就對我厭煩至極了對不對？」

胸中好不容易平復下去的血氣立刻又湧上來，我咬牙冷笑道：「當初你做了那般錯事，還指望我海量同玄女共侍一夫？如今這倒成了我的不是。你只道玄女她是個弱女子，須得你憐惜，縱然我當初是男兒身，心也不是鐵石做的，被你兩個那般踐踏，也曾鮮血淋淋，我傷情大醉，噩夢纏身時，你卻是在哪裡？你同玄女卻是在做什麼？」

離鏡臉色蒼白。

我攀著夜華的手臂咳得喘不過氣，身後夜華冷笑道：「鬼君先別忙著算當年的帳，本君暫且問一問鬼君，今日你的王后做的這筆帳，我們是公了還是私了？」

離鏡尚未作答，玄女已顫抖道：「私了怎麼，公了又怎麼？」

夜華沉聲與離鏡道：「私了便請離鏡鬼君將你這不懂事的王后剝皮抽筋，魂魄打下畜生道永世不得超生，以洩本君心頭之憤。公了嘛，我天族的將士們許多年沒打仗了，已閒得很不耐，我們正可以試一試，這麼些年到底是哪一族的兵練得更好些。」

玄女倒吸了口氣，大雨中踉蹌爬過去抱住離鏡的腿，仰頭道：「陛下，救我！」

離鏡看了她一眼，道：「妳委實不懂事了些。」

玄女淒厲道：「你果然是要將我剝皮抽筋嗎？你忘了，你忘了當年我為你做了多少事，沒有我，你能夠這麼輕鬆登上鬼君之位？如今你卻要，你卻要……」繼而又哀求道，「陛下，天族不會出兵的，他沒有權力號令天族出兵，他不過是個太子而已，為了個女人出兵，天族不會同意的……」

夜華換了個姿勢摟住我，輕聲道：「本君可不單是為了個女人出兵，墨淵上神是我天族的尊神，白淺上神是我天族未來的帝后，阿離將來必定要承本君的位，此番，他們三個卻在你大紫明宮裡受了這奇恥大辱，你說，天族的眾將士可嚥得下這口氣？」

離鏡沒理抱住他腿的玄女，神色木然道：「玄女此前就一直有些瘋癲，否則也不能鑄下如此錯事，還望太子殿下能網開一面。」

夜華溫聲道：「淺淺，妳說，要不要網開一面？」

這會兒鬆懈下來，全身上下痛得不能言語，本想再放兩句狠話，奈何身上太累，只斬釘截鐵搖了搖頭。

玄女哈哈笑道：「夜華君，虧得你對白淺這賤人這般好，你可知道，她同她的師父有私情？」

我十分震怒，待要掙扎去抽她兩個耳光，夜華已一道電閃劈了過去，離鏡沒再護著她，玄女被劈得往後退了十丈遠，正正撞在那張金榻上，吐出一口血來。

夜華道：「本君原本從不打女人，淺淺還說妳那張臉長得同她很像，我倒看不出妳這張臉，同她哪裡像。」

我推開夜華，撐著崑崙扇走到玄女跟前，瞧著眼下這張同我八九分相似的滿是血污的臉，輕笑道：「皮相這東西，當初我既給了妳，便並不大在意，但如今看著妳這張臉，卻教我不大順心了。」

她驚恐得直往後縮，顛三倒四道：「妳要做什麼？我，我本就長得這樣的，妳，妳不要想奪了我的美貌。妳便是請了折顏來，我，我也是不怕的……」

我右手捏起印伽，詫異笑道：「請折顏做什麼？我先前不過同妳開個玩笑，易容換顏這樁法術，妳以為四海八荒只有一個人會？老身不才，歇下來這七萬年裡無所事事，這個法術學得也算精深。妳便是要剝皮抽筋，也不能帶著我這一張臉去剝皮抽筋嘛。」話畢，攢力用咒語將手中的印伽一催，明晃晃一片白光過後，玄女呆滯地將我望著。我俯身拍了拍她的臉，從袖袋裡取出面鏡子遞給她，還好，這面鏡子尚未被血污染紅，是面光潔鏡子，藹聲與她道：「瞧瞧，妳現在的這張臉，不是挺好嗎？這才是妳原本的容貌，可要記得清楚。」

離鏡在一旁喃喃道：「怎麼會是這樣，怎麼會是這樣……」

玄女卻突然尖叫一聲，我被她這聲尖叫引得向後一望，她竟生生將自己兩隻眼珠挖了出來，錯亂道：「不，不，不，我不是長這樣的，我才不會是長這樣的。」

她那一臉血糊糊的模樣，有點可怖。

離鏡仍在失神中。

我搖頭嘆息道：「心理承受能力太差了。」又轉頭與夜華道，「她原本的模樣，我瞧著也是個清秀佳人，怎會如此在意我這張臉，我其實一直想不通。」

夜華蹙眉：「她如此在意，大約是因有人喜歡。」

我本想回他，喉頭卻一甜，嘴角又溢出幾絲血痕。

夜華眼神黯了黯，抱住我與離鏡道：「離鏡鬼君，你便看著辦吧。」在我耳邊輕道了句，「淺淺，可還撐得住？」我想了想，搖了搖頭。眼前恍然一團極柔和的光，我便沉沉昏睡了。

第十三章　風花雪月

當年我在崑崙墟學藝時，山上的規矩立得嚴整。早不過辰時便須得起身應早課，晚不過子時便須得滅了桐油燈安歇。因我同大師兄走得近些，待師父出山，便偶爾能在他眼皮底下缺個一堂兩堂課，多睡個把時辰，運氣好時能睡到巳時末。但頂多也只是巳時末了。這習慣經年地養下來，雖如今我已拜出師門七萬年，卻一直帶在身上，即便冬日裡人懶些，也是一過巳時便在床上躺不下去。

因此，雖然昨日我甚暢快去大紫明宮鬧了一場，周身負了些傷，老胳膊老腿疼得心裡頭拔涼拔涼，到了時辰，卻還是巴巴醒轉過來。瞧著躺的正是狐狸洞我自個兒屋子的雕花大床，稍稍心安。

昨日，我昏睡得不是時候，未曾親見夜華帶著墨淵糰子並我三個全身而退，但依他的修為，做這樁事應是不難。

迷轂素來伶俐，想來已將墨淵的仙體承回炎華洞中，但卻不知他放的那個姿勢是不是墨淵一向入睡的姿勢。我不大放心，待要掀開被子起身去看看。一動，卻牽著胸前傷處，疼得我倒抽一口冷氣。

聽得我這口冷氣，被面上一個東西略動了動。我垂眼想看得仔細，卻驀地對上一道熱氣騰騰的目光。這目光的主人正趴在床沿上，溫順又欣喜地將我望著。

我愣了一愣。

我這一愣其實有些緣故。

照我在凡界瞧的那些戲本子，倘若一個書生趕路時遭了山賊，被路過的俠士拔刀相救，待那書生從虛驚裡清醒過來，登場的必然是這位年輕有為的恩人俠士，萬沒哪個戲本子在這樣要緊的關口上一個跑龍套的。眼下我這情勢，卻正譬如一個遭了強盜的書生，本該是俠肝義膽的夜華登場的好時機，偏跑上來一個毫不相干的人。是以，我才有這麼一愣。

跑龍套的仁兄灼灼看了我好一會兒，輕聲道：「妳，妳現在覺得怎樣？」

我謹慎地朝裡挪了挪，道：「睡了一覺，精神頭已好了十之七八了。」

誠然我是個上神，過去的十四萬年裡頭，這副仙身歷經大大小小的劫難打磨，早已非同尋常，等閒的傷勢都好得比常人俐落，卻也並不至於這樣俐落。我撒這個謊，乃是因面前這位仁兄一向與我有些不對付。若我在他面前示弱，他趁著我重傷在身，暗暗下個不輕不重的毒手，我便委實嗚呼哀哉了。

我同這位仁兄的淵源，正可以追溯到折顏送四哥畢方鳥坐騎之時。

折顏從西山獵回的那隻畢方，便正是此刻我面前這位衣冠楚楚的仁兄。

畢方剛剛開始做四哥坐騎時，我們處得甚好，他還曾單獨背我一人去十里桃林吃過好幾次桃子，討過好幾次酒，後來卻不知什麼緣故再不願背我。好在千兒八百年後讓我瞧出一絲因由。大約是他喜歡鳳九，鳳九卻每每只纏著同我一處，所以他對我生了嫌隙。

因他這醋喝得沒道理，我自不同他一般見識。然他卻較真，彷彿每日裡必得同我辯兩句，惹出我的火氣，日子才過得下去。是以他出走後，我還挺不厚道地偷偷歡喜了好幾日。

窗扇大敞，光線雖不烈，因我眼睛不好，被晃得有些刺痛。畢方趕緊湊過來道：「我將窗扇闔了可好？」

他這樣謙和，唬了我一跳，來不及做別的反應，只在鼻子裡嗯了一聲。

他闔了窗戶回來，與我掖了掖被角，在床邊靠了一會兒，又親厚地來問我喝不喝水。就是迷榖也做不來這般周到細緻。

我其實很有些渴，但畢方這番作為卻讓我心裡頭揣了老大一個疑問，待他又去體貼地倒茶，恍然間腦中靈光一閃，瞬時福至心靈。

我悶悶笑道：「四哥？你是四哥吧？因我剛打了架法力衰弱，識不得變化之術，便裝了畢方的樣子來耍弄於我。嘿嘿，樣子倒化得沒一分毫差的，但性子卻忒不像了，你可沒瞧著畢方素日來對我那不冷不熱不當一回事的形容……」

倒茶的影子頓了頓。

他轉過頭來，神色複雜，道：「我沒做什麼變化，實實在在便是畢方，上神同殿下前去西海辦事了，我一個人在桃林守得無趣，便回來瞧一瞧妳。」

我愣了，嘴唇哆嗦幾番，扯出一個笑來：「哈哈，你們羽禽類一向性子就有些冷，天然和我們這些走獸不大一樣的，哈哈，我就那麼一說，你別掛在心上，別掛在心上……」

他面上瞧不出喜怒，端來茶水扶我喝了兩口。看著我默了半日，忽然道：「若那時我在妳身旁，就算拚了滿身修為也不會教他們傷妳一分一毫。」

我訕訕道：「都是一個狐狸洞出來的嘛，那是自然，那是自然，畢方你哪日約了人打架，我也是要同你助一助威的。」又想到他說的是「拚了滿身修為」，我這個「助一助威」自然就落了下乘。咳了一聲補充道，「哪怕是被打得灰飛煙滅。」自覺口頭上這個人情做得比他還大，略感欣慰。

口頭上的人情做起來不過張一張嘴的事，十分容易，你推一句我接一句，即便話裡頭未含幾分真心，聽起來總讓人受用。然畢方看起來卻並不那麼受用，一雙眼瞪著我。雖則瞪著，卻瞪得與平日裡分外不同，乃是有幾分嗔怪地瞪著。

我打了個哆嗦。

他傾身而來：「淺淺，妳裝傻要裝到幾時，妳明知我自來了青丘便思慕於妳，卻要說這些話來氣我。」

我傻了。

娘噯，人說羽禽類最是忠貞，不動情則已，一動情至死不渝。倘若思慕了一個人，定然是到老到死都思慕這個人。畢方既思慕了我的侄女，按他們羽禽的傳統，便該有始有終地思慕下去，幾時，幾時他卻又看上我了？

他續道：「因妳同那天族的太子早有婚約，我才勉不得已藏了一顆真心。可此番，此番妳遭此大難，他卻絲毫不能保妳周全。聽說他天宮裡還儲了位側妃，我出去這麼多天，打算得也很清楚，他這樣風流，也不知能不能全心待妳好，我怎能放心將妳交與他，我……」

他一番話尚未說得盡興，門啪嗒一聲，開了。

夜華臉色鐵青地站在門口，手中一碗湯藥，正騰騰地冒著熱氣。我茫然中還能感慨一番，報恩段子陡然變作風月段子，這齣戲真是一齣不落俗套的戲。

畢方斜覷了夜華一眼，沒再說話。

夜華將藥碗擱在桌案上，因畢方正占著床沿，便只在案旁長凳上坐了，面上涼涼地也沒說話。

廂房裡一時靜極。

得了這個空閒，我正好把剛才畢方一番話理個順暢。

他方才說因我同夜華有了婚約，他才將一顆真心藏了。

他這顆真心卻藏得忒深沉了些，這麼萬兒八千年的，我竟一絲也沒瞧出來。

我雖對畢方沒那不正經的心思，可他說思慕我，回過味來，我還是有幾分歡喜。因自桑籍退婚，天君頒下那椿天旨以來，我那本該在風月裡狠狠滾幾遭的好年紀，孤零零地就過了，與同年紀的神仙們相比不知無趣了多少。雖面上瞧不大出來，其實我心裡一直很介意這件事。是以畢方表這個白，便表出了我積壓了五萬年的一腔心酸和一腔感動。

我覺得即便遂不了畢方的意，那拒絕的話也要說得十分溫存，萬不能傷了他的心。斟酌良久，訥訥開口道：「這個，終歸是他們天族訂婚在前，我同你，呃，我同你也只能是有緣無分了。你說思慕我，我其實很歡喜。但凡事，凡事也要講個有先有後不是？」

畢方的眼睛亮了亮，道：「若妳能同我一起，我願意將天族得罪個乾淨。」

話畢瞟了夜華一眼。我才注意到，裊裊的藥霧裡，夜華的臉色已難看得不能用言語形容了。

夜華擺出一副難看的臉色來自然有他的道理，我大約也能理解。身為他未過門的媳婦兒，卻當著他的面同另一個男子商議風月之事，這實在荒唐，大大駁了他的面子。但我同畢方光明正大，且此番原是他來得不巧，我總不能因了他誤打誤撞闖進來就給畢方釘子碰。畢竟我同畢方的交情也算不錯。

這麼在心中掂量一遭，我甚好心同夜華道：「不然你先出去站站？」

他沒理我，手指撫著藥碗邊緣，面上毫無表情。

畢方又坐得近我一尺，柔聲道：「妳只說，妳願不願同我一起？」

當著夜華的面，他這麼坐，也委實膽肥了些。

我訕訕道：「你也曉得我是很重禮數的，既然天族將我定下來，我斷不會主動起什麼事端讓青丘和九重天為難。你這分心意我便承了，也很感激，但我們兩個實在有緣無分，多的便不再說了，你對我這個念想，若還是泯不了，便繼續藏起來吧，終歸我知曉了你的這分心，長長久久都不敢忘記。」

我自覺這番話說得滴水不漏、無懈可擊，既全了畢方的面子，也全了夜華的面子。

畢方木然地瞧我一會兒，嘆了口氣。又幫我掖了掖被角，轉身出房門了。

夜華仍坐在桌案旁，一張臉隱在藥霧裡，看不大真切。

我睡一覺，精神頭恢復得其實只十之一罷了。同畢方這一通話說得，且驚且喜且憂且慮，大大傷了回神。但心裡仍惦念著要去炎華洞一趟，此時廂房裡偏有夜華坐鎮，自然不便。我琢磨著須找個名目將他支開，凝神片刻，氣息奄奄與他道：「唔，勞煩把藥給我，突然有點犯睏，吃了藥我想好好睡一會兒，你去忙你的吧。」

他嗯了一聲，將藥端過來。

良藥苦口，這藥苦成這樣，想來確然是良藥。一碗湯藥下肚，苦得我從頭髮尖尖到腳趾頭尖尖都哆嗦了一回。

夜華接過碗放在一旁凳子上，卻並不走，只側了頭看我，道：「妳可曉得，回回妳不願我在妳跟前守著時，找的理由都是犯睏？此時妳也並不是真的犯睏吧？」

我愣了一愣。

誠然這是我找的一個藉口，然我記得這個藉口千真萬確是頭回同他使，萬談不上「回回」二字。

我尚自思忖著他口中這「回回」二字，他卻已來攬了我的腰身。因此番我傷得重，不自覺化了原身養傷，狐狸的身形比不得人，腰是腰腿是腿，他卻還能分出一隻狐狸的腰身，我佩服他。

他聲音低啞，緩緩道：「淺淺。」

我嗯了一聲。

他卻只管摟著，沒再說什麼。半日，又擠出來一句：「妳方才說的，全是真心？」

我有些發蒙，方才我那一番話，皆是說給畢方聽，與他卻沒什麼關係。我是真心還是不真心，顯見得該畢方來問才更合宜。

他埋著頭似乎笑了一聲，這一聲有那麼股子沒奈何的意味：「妳此番任我攬著妳抱著妳，我來青丘住的這些日子，妳也時常能為我添個茶水陪我下一下棋，皆是因為我們兩個有婚約是不是？若與妳有婚約的是另一個人，妳……」他將我攬得更緊一些，嘆了口氣，卻並不接著說了。

我在心中雪亮亮過了一遭，以為他這話問得古怪，這不是明擺著的事嗎？若不是我兩個早有婚約，他能在我這裡一次又一次揩到油水？便是剛來青丘小住時，已被迷穀亂棍打出去了，哪還進得了狐狸洞，分得了上好一間廂房？且不說我還將三哥往日住的闢出來與他做書房，待他待得這麼慇懃。

但自我同夜華相熟，他從來一副泰山崩於前連眼睫毛也不動一動的性子，此時竟在我面前顯出這等示弱姿態，可見，有些不同尋常。

我乾乾一笑：「我對你好些也不全是因那紙婚約。」

他僵了僵，抬頭望我，眼睛裡有亮晶晶的東西閃了閃。

我被他瞧得不自在，咳了兩聲道：「你在狐狸洞住的一段時日，每日批公文都批得十分辛勞，卻還惦念著給我們煮飯燒菜。這些我都很感念，一直切切記著。俗話說有來有往，有去有回，你投過來一個桃，我自然要回報你一個李，沒李子也得拿個枇杷果頂著。換了其他人來與我起一紙婚約，卻未必能做到你這樣，我便也未必能耐著性子同他喝茶下棋了。」

我自覺這個話說得合襯，這正是長久夫妻的相處之道，夜華一雙眼卻黯了黯。他自去黯然，我因無從知曉他為何黯然，不便打攪，只望著床頂。神思不經意遊轉到炎華洞，唔，說起來，炎華洞洞口的禁制須得換一換了。

夜華突然深深將頭埋進我肩窩，悶悶道：「我從未給其他人做過飯菜，我只給妳一人做過。」

我用爪子拍了拍他的背，點頭道：「你的廚藝很好，抽空給你爹娘爺爺也做幾回，正體現一個孝字。」

他沒理我，又道：「我做這些並不因妳同我有婚約，我來青丘住也並不因阿離想妳。」

我了然道：「哦，下廚房這個事原來卻是你的興趣。這個興趣是個好興趣，忒實用。」

他將我摟得越發緊，仍沒理我，再道：「淺淺，我愛妳。」

我茫然了一會兒，睜大眼睛，十分震驚。這這這……

天塌下來也沒比這個更教人驚詫的了。

我原以為自己的姻緣樹乃是棵老鐵樹，劈死了萬萬年開不了花，今遭，這棵老鐵樹居然，居然開花了？且還開的一株並蒂花?!

夜華抬起頭來幽幽望著我：「妳怎麼說？」

我尚且還震驚得不能自拔，委實不知該怎的來說，在拔與不拔之間，好容易喘上一口氣：「這，這可不當耍的。」

他淡淡然笑道：「我再沒什麼時候比這時候更真了，沒情誼自然也能做長久夫妻，我卻盼著妳同我能有綿長情誼。」

他這些話句句都是讓人肉麻的猛話，我雖惶恐震驚，卻也還能在這惶恐震驚之間拿出一絲清明來斟酌一番。起先，我確然沒料到他是這樣想的。現今回憶此前種種，一樁樁一幕幕飛速在眼前閃過。略一琢磨，他那一番心思，倒著實，著實是瞧得出徵兆來的。我老臉紅了一紅，幸好此番是原身，一臉的狐狸毛，也見不出我一張臉紅了一紅。

但蒼天明鑑，我於他在心裡卻素來都正經得很，即便想著日後要做夫妻，也打算做的是那知己好友型的夫妻，萬沒生出什麼邪念來。

夜華為人很得我心，我對他了不得存著一些欣賞，卻也不過站在老一輩的高度上，對小一輩關懷愛護罷了。要說同他風月一番，卻委實有些，有些……

夜華一雙眼莫測地將我望著，不說話，直勾勾地，望得我飽受煎熬。

我頓了頓，嚥了口唾沫，道：「我聽阿娘說，兩個人做夫妻，做得久了，當年風花雪月的情誼便都得淡了，處在一處，更像是親人一般。眼下我覺得你已很是我的親人了，我們其實大可以略過中間這一步路，你看，如何？」

當年因離鏡受的那次情傷，傷疤雖已好得乾淨俐落，卻難免留下些壞印象。讓我覺得情這東西，沒有遇對人，便是個甚不好的東西。倘我再年輕個四五萬歲，玩一玩也沒怎的，即便再傷幾回，道一聲年少輕狂便也過了。如今年歲大了，對這個卻著實再沒什麼興致。但夜華尚年輕得很，縱然我想過清靜無為的日子，連累他一起過，卻說不過去。

方才那一番話說得順暢，夜華沒言語，我便也膽兒肥不少。細細揣摩一番，又將我心中這個想法與他商量：「不過你這個年紀也確是該好好愛幾場恨幾場的年紀。趁如今你對我的孽根種得還不深，早早拔出還來得及。等你到了我這個年紀便能曉得，在世上活了這麼多年，對情愛這東西早看淡了，委實提不起什麼興致。這是個高處不勝寒的境界啊。唔，天君那一紙天旨將你我兩個湊作一堆，其實我一直覺得對你不住。但你也不必太過傷心，待我同你成婚後，看能不能再為你另娶幾位年輕貌美的側妃。」

說完這番話，心中一塊大石頭砰然落地。如今我的心態，真是四平八穩波瀾不驚。

想來我也該是四海八荒頭一個這麼大度的正妃了，縱然夜華娶了我，在年歲上有些吃虧，衝著這一點，卻委實要燒高香。

他卻並不如我想像的那麼高興。神色慘白，盯著我的眼睛，道：「這是妳的真心話？」

我斂容懇切道：「真，比真金還真。」

我只以為在娶側妃這樁事上，他要向我尋個保證，卻不想得了我這句話，他那原本便抿得死緊的唇抿得更緊，眸光漸漸淡去。

活到這麼大年紀，性子難免被磨得溫暾些，但感情這個事情，乃是個萬萬容不得拖泥帶水的事。我繼續斂容懇切道：「千秋萬載我也是這個話，我同你還是保持純潔的聯姻關係好些。其實，夫妻兩個有了私情倒不一定是個好事。譬如哪一天你想再納個妾，都不定能納得便利。如今這樣就正好了，你要將眼光放得長遠一些。唔，今日你大抵不理解我說的這些，可到有一日，你再看上哪個仙，想將她娶回洗梧宮來，便曉得我此時說這一番話的好處了。」

他靜了一會兒，只緩緩道：「妳是，特意說這些話，來讓我難受的嗎？」

我心中卡的一聲。他如今愛我愛得彷彿正是興頭上，雖則我一片好心，但說的這些話，細細一想，卻有些操之過急。

我默默無言將他望著，不知怎的來勸他才好。只覺這個事，要慢慢地從長計議。

他將我攬在懷裡，低啞道：「我只愛妳一個，再不會愛上其他人了。」頓了頓又低聲喃喃了句什麼，聽得不大清。

唔，這愁人的，死心眼的孩子喲。

夜華將一番震得我天靈蓋發麻的猛話放完，卻並不見走，只將我攙著躺下，四個被角捂嚴實。我雖受了重傷，也不見得虛弱至此，連躺一躺這等輕便動作也做不穩健。但看他神色淒然，我不便火上澆油，只能默默受了。

他捂完被角，又將擱在一旁坐凳上的藥碗拿去放在桌案上，端起杯子倒了口冷茶喝，方踱回來，背倚著床欄道：「阿離已送上天宮了，只受了些驚，倒沒大礙，需休養幾日。我原本打算帶妳一同回天宮的，靈寶天尊的上清境有一汪天泉，正宜妳將養。」皺了皺眉又道，「但那隻畢方豁命攔著。不過，若妳開口應了，他也沒甚好說。妳先躺躺，明日一早，我們便回天宮吧。」

靈寶天尊的那汪天泉倒聽說過，確然是個好東西，似我這身傷勢，尋常須將養個把月的，去那天泉裡泡泡，怕痊癒也不過三兩天之事。藉著夜華的面子，倒能撈這麼個便宜，我挺歡喜。

說完這番話，他便閉目養起神來。我卻還得去炎華洞瞧瞧墨淵，琢磨半日，緩聲道：「你今日，沒文書批了？」

他半睜開眼睛：「今日沒甚可忙，妳方才說睏，我便陪妳靠靠。」

我嘴角抽了抽。

他彷彿從來不曾識出這是我的一個藉口，謙和地漾出笑來：「怎麼，又不睏了？」

我悵然地咬緊牙齒：「睏，睏得很。」

夜華是個今日事今日畢的脾性。便是此前他在我青丘極悠閒地窩著時，大半時日也撲在書房裡批文書，忙得腳不沾地。

今次雖出了這樣的大事，伽昀小仙官卻也並不見得就能任他清閒幾日，那公文必定仍是一般地從天上嘩啦嘩啦搬下來。

昨日並今日兩日的公文，乖乖，苦命的夜華今夜注定不能安睡。

我估摸，他此時在我床上靠一靠，應當並不只為令我吃癟，連帶著，大約是要將養將養精神。這就譬如在凡界，倘凡人犯了大事要砍頭，砍頭前總要拿一頓好的，舒舒服服吃了才上斷頭台。料得夜華這一趟很需瞇些時辰，打點起十足精神，才能奔去書房應付兩日公文。我便也對付著瞇了，心中存了個精細算盤，待他瞇夠動身走了，我便化出人形來去一趟炎華洞。

不承想我這個算盤卻落了空。十之一的精神頭甚不中用，也不過半盞茶工夫，人就迷糊得有些昏沉了。

半夢半醒浮浮沉沉之間，我作了一個夢。

這個夢我幾萬年都沒做成，卻在今日功德圓滿。

我夢到了墨淵。

第十四章　墨淵當年

墨淵仙去後開初的幾千年，我等得心焦又心煩，日日都盼著作夢能夢到他，好問一問他究竟什麼時候能回來。每夜入睡前，都要將這個問題放在心中揣摩五六遍，幾個字記得牢牢靠靠，就怕夢裡見著墨淵時太過激動，將心尖上這個疑問給忘了。但因總是夢不成功，後來便漸漸淡了這個心思。

終歸是過去的基礎打得牢靠，此番作夢，我竟還能牢牢記著將這陳芝麻爛穀子、困擾了我七萬年的問題提出來，再曬上一曬。

夢一開初，是折顏領著我拜師崑崙墟的光景。

那時我剛過完五萬歲生辰，和現今的夜華一般年紀。

因阿娘生了四個兒子，好不容易生下一個女兒，且這個女兒在娘胎裡就帶了病，生下來分外體弱，狐狸洞一洞老小便都對我著緊些。四個哥哥皆是放養長大，我卻十分不同，起居飲食都定得很嚴，出行的地界也不過狐狸洞外的青丘同折顏的十里桃林這兩處。我辛苦熬了兩萬年，被養得十分強壯，阿爹阿娘卻仍不放心。

兩萬歲上，阿爹阿娘因一些緣由常不在青丘，將我劃給四哥看著。

須知我這位四哥，乃是個拿面子功夫的好手，面上一副柔順乖巧，背地裡卻很能惹是生非。

我十分憧憬四哥。

阿爹一道御令下來，尚且還算不得是個少年的四哥叼了根狗尾巴草坐在狐狸洞前，慈愛地看著我道：「從今天起，就四哥來罩妳了，上樹掏的鳥蛋，有我一個，也有妳一個；下河摸的丁丁魚，有我一條，也有妳一條。」

我同四哥一拍即合。

那時折顏已十分照顧四哥，只要打著他的名號，惹了再大的禍事也能輕鬆擺平。於是四哥便帶著我全沒顧忌地在青丘上躥下跳，整整三萬年沒個止息。

待阿爹阿娘得空回頭來反思這唯一一個女兒的教育問題，覺得既是生了個女兒，便須得將她調養得溫柔賢淑文雅大方，我卻已被養得很不像樣了。

所幸同四哥在青丘晃蕩的這五萬年，我們兄妹倆小事惹了不少，卻沒攤上什麼大事，過得還算順遂，是以兩個人的性子都難免天真驕縱些，全不能和夜華現今這氣度比。

本上神常常憂心，夜華如今不過五萬歲，即便不是一團天真，也多少該有些少年人的活潑模樣。他卻已沉穩得這樣，過往的人生路上，究竟是受了多少折磨，經了多少打擊，歷了多少滄桑啊。

再說我五萬歲的時候。

那時，阿娘覺得我不大像樣，十分發愁。先是擔憂我嫁不出去。在狐狸洞閉關思索了半月，虧得有一天，她靈機一動，悟出我的性子雖不怎麼樣所幸模樣生得不錯，無論如何不該嫁不出去，才略放寬心。

但不久卻從迷轂處得來一件八卦，說紮在隔壁山腳水府裡的燭陰一家新近嫁了女兒。新嫁的小燭陰因自小失了母親，沒得著好調教，稍稍有些嬌氣，她的婆婆很看不慣，日日都要尋些名目來懲戒於她。小燭陰難以容忍，才放去夫家不過三個月，便哭哭啼啼地回娘家了。

聽說小燭陰為人新婦後受的委屈，再看一看我的形容，好不容易放寬心的阿娘一時心慌意亂，一日一日地，越發憂愁。

她覺得以我這個性子，即便日後成功嫁了人，也是個一天被婆婆打三頓的命。想到我日後可能要受的苦，一見著我，阿娘便忍不住悲傷落淚。

有一回，折顏來狐狸洞串門子，正見著阿娘默然拭淚。問了因由，沉吟片刻，喟嘆道：「丫頭這性子已經長得這樣了，左右再調不過來。如今只能讓她習一身好本領，若她將來那夫家，上到掌家的族長下到灑掃的小童子，沒一個法力能比得過她，她便如何天真驕縱，也萬萬受不了什麼委屈。」

阿娘聽了他這番話，眼睛一亮，深以為然，決定讓我拜個師父。

阿娘一向要強，覺得既然是誠心誠意要給我找個師父學本事，便須得找個四海八荒最好的師父，才不枉費她一番心思。

選了多半月，選定了崑崙墟掌樂司戰的墨淵上神。

此前我雖從未見過墨淵，對他這個名字，卻熟悉得很。

我同四哥出生時，四海八荒的戰事已不再頻繁，偶爾一齣，也是小打小鬧，上不得檯面。長輩們有時會提及自陰陽始判、二儀初分起幾場真正的大戰事，如何的八荒動怒，如何的九州血染，好男兒們如何疆場橫臥，如何馬革裹屍，又如何建功立業，說得我同四哥十分神往。

那時候神族裡流傳著許多記錄遠古戰事的典籍，我們一雙兄妹十分好學，常去相熟的仙友處借來看。倘若自己得了珍本，也同他們換著看。

這些典籍中，處處都能見著墨淵的身姿。寫書的天官們皆讚他神姿威武，一副玄晶盔甲，一把軒轅神劍，乃是不敗的戰神。

我同四哥十分崇拜他，私下也描摹過他那威武的神姿會是如何的威武法。

我們兩廂虔誠地探討了一年多，覺得這位墨淵上神定是有四顆腦袋，每顆腦袋面向一個方位，眼睛銅鈴般圓，耳朵蒲扇般大，方額闊口，肩膀脊背山峰樣厚實寬闊，雙足手臂石柱樣有力粗壯，吹一口氣平地便能颳一陣颶風，跺一跺腳大地便要抖上一抖。我們冥思苦想，深以為如此才能顯出他高人一等的機敏，高人一等的耳聰目明，高人一等的耐打強壯。勾勒出墨淵威武的神姿後，我同四哥十分振奮地跑去找擅丹青的二哥，央他為我們畫了兩幅畫像，掛在屋子裡日日膜拜。

正因有這麼段因果，乍聽說要拜墨淵為師，我激動得很。四哥原想與我同去，卻被折顏攔住，在洞裡還發了好幾日脾氣。

折顏帶著我騰了兩個時辰的祥雲，終於來到一座林麓幽深的仙山。這山和青丘不同，和十里桃林也不同，我覺得很新鮮。

早有兩個小仙童守在山門口迎住我們，將我們引入一進寬闊廳堂。廳堂上方坐了個一身玄袍的男子，以手支頤，靠在扶臂上，神色淡淡的，臉長得有些娘娘腔。

我其實並不大曉得什麼算是娘娘腔，只聽四哥模糊提過，折顏那一張臉俊美得正好，比折顏長得不如的就是面貌平庸，比折顏長得太過的就是娘娘腔。四哥這句不那麼正經的話，我一直記著。

我因是四哥帶大的，一向很聽他的話，連他說我們一同掛在廂房裡那幅臆想出來的丹青，乃是一種等閒人無法理解的俊美，我也一直深信不疑，並一直在為成為非等閒人而默默地努力著。

所以，當折顏將我帶進崑崙墟，同座上一身玄袍的這個小白臉打招呼：「墨淵，七千年別來無恙。」我大受打擊。他那一雙細長的眼睛，能目窮千里嗎？他那一對纖巧的耳朵，能耳聽八方嗎？他那一張薄薄的嘴唇，出的聲兒能比蚊子嗡嗡更教人精神嗎？他那一派清瘦的身形，能扛得動八荒神器之二的軒轅劍嗎？

我覺得典籍裡關於墨淵的那些豐功偉業都是騙人的，一種信仰倒塌的空虛感迎面而來，我握著折顏的手，十分傷心。

折顏將我交給墨淵時，情深意切地編了大通胡話，譬如「這個孩子沒爹沒娘，我見著他時正被丟在一條山溝裡，奄奄地趴著，只剩了一口氣，一身的皮毛也沒個正形，洗揀洗揀才看得出來是個白狐狸崽子」。譬如「我養他養了五萬年，但近來他出落得越發亭亭了，我家裡那位便有些喝醋」。再譬如「我將他送來你這裡實屬逼不得已，這孩子因受了很多苦，我便一直寵著他些，性子不好，也勞你多費心思」。

我因覺得折顏編這些胡話來哄人不好，傷心之餘，還分了一些精神來忐忑。墨淵一直默默無言地坐在一旁聽著。

墨淵既收了我做徒弟，折顏便算大功告成。他功成身退時，著我陪他走一走，送他一程。至山門的一段路，折顏仔細囑咐：「妳如今雖是個男兒身，但洗澡的時候萬不可同妳的師兄們一處，萬不能教他們占了便宜，仍舊要懂得做姑娘的矜持。」我耷拉著頭應了。

墨淵果然處處要多照看我些，我卻嫌棄他長得不夠英勇，不太承他的情。

我對墨淵一直不大恭順，直到栽了人生裡第一個坎，遇到一樁傷筋動骨的大事。

這樁事，須從折顏釀的酒說起。

折顏擅釀酒，又很寵著四哥，釀的酒向來由四哥搬，四哥一向照顧我，我沾他的光，往來十里桃林的酒窖往來得很慇懃，漸漸就有些嗜酒。我因白喝了折顏許多，心中過意不去，逢上大宴小宴，便都替他在一眾仙友中吹捧幾句。誠然那時候折顏的釀酒技藝已很不凡了，終歸還有提升的餘地。但我年少天真，一向有些浮誇，有三分便要說五分，有五分便要說十分，所以常在宴席上將他釀的酒吹得天上無地下也無，自然引得一些好酒之人看不慣，要另列出一個釀酒的行家來將折顏比下去，挫我的銳氣。

崑崙墟上便有這麼一個人，我的十六師兄子闌。即便如今，我仍覺得子闌小家子氣，別的師兄聽我讚賞折顏時，知道少年人浮誇，不過微笑著聽聽罷了，縱然有些意見相左的，顧念我是最小的一個師弟，也容我過一過嘴癮。子闌卻分外不同，總要將那嘴巴嘟得能掛個油瓶，極輕慢地從鼻子裡哼一聲：「嘖嘖嘖，能好喝過師父釀的？」他說的這個師父，自然是墨淵。

因彼時我不待見墨淵，便很不能容忍旁人誇他。見著子闌不以為然的模樣，心頭火噼噼往上冒，心中暗暗拿定一個主意，次回定想個辦法，讓他當著所有師兄的面承認墨淵造的酒沒有折顏造的好喝，墨淵不濟，墨淵十分不濟。

我想的這個辦法說來也不是什麼辦法，不過去崑崙墟的酒窖裡偷拿一壺墨淵釀的酒，令折顏有個參考，做一壺好過它百倍千倍的，回轉帶給子闌，教他折服。

崑崙墟的酒窖管得不嚴，我十分輕鬆便拿到一壺。畢竟做的事是個偷偷摸摸的事，不好意思從正門走，打算從後山的桃花林繞一繞，繞下山再騰雲奔去折顏府上。

繞進桃花林時，卻不慎迷了路，累了半日也沒走出去，口卻有些渴了。因身上只帶著一壺墨淵釀的酒，我便取出來解渴。

一口喝下去，我有些蒙。只一小嘬罷了，香氣卻砰然滿嘴散開，稍稍一些灼辣滑進喉頭。折顏的技藝，再提升些，便是這個火候了。

墨淵竟果然有這樣一手好本事。一個小白臉怎能有這樣一手好本事。我氣憤得很，滿腔鬱結，手上的酒即便送給折顏也再沒什麼用。我惱了一會兒，乾脆咕嚕咕嚕將一壺酒喝個乾淨。

哪裡曉得這酒初初喝著沒什麼，後勁卻大得很。我頭暈眼花地靠了會兒桃花樹，不多時，便睡著了。

醒的時候，與往日不同，既不是自然地睡醒過來，也不是被大師兄幾聲梆子催醒過來，卻是被一盆拔涼拔涼的冷水，潑醒過來。

潑水的人潑起水來忒有經驗，方位和力道掌握得穩當，只一盆水潑下來，便潑得我睡夢中一個激靈登時醒轉。

正是初春化雪天，那水想必是方化的雪水，透濕的衣裳裹在身上，不過喝口茶的時間，便逼我打出一個響亮又刁鑽的噴嚏。

捧著茶碗坐在一把烏木椅上的女子，確然也只喝了一口茶，便將手中瓷杯擱下了，只漫不經心涼涼地看著我。烏木椅兩旁各站了兩個侍女，頭上皆梳著南瓜式樣的髮髻。

在我剛拜入師門那日，便得了大師兄一個囑咐，叫我千萬不能招惹梳著南瓜髮髻的女子，即便對方無恥在先，身為崑崙墟的弟子，也須得禮讓三分。因這些梳著南瓜髮髻，又常常來崑崙墟遊逛的，十有八九皆是瑤光上神的仙婢。

這位瑤光上神是個閒時溫婉戰時剛猛的女神，一直思慕著我們的師父墨淵上神，近些年單相思得尤其厲害，乾脆將仙邸亦搬來了臨近崑崙墟的山頭，每隔幾日便要著婢女來崑崙墟挑釁滋事，想將墨淵激得同她戰一場，看看她的本事，好折服於她的石榴裙下，與她永為仙侶。

她這個算盤打得是不錯，但墨淵卻彷彿並不大當回事，只囑咐了門下弟子來者是客，能擔待者，多擔待些。

面前這幾個侍女的南瓜髮髻提點了我，令我彈指一揮間便看透她們的身分，坐在烏木椅子上喝茶的這個，保不準正是單相思墨淵的瑤光上神。

她趁我醉酒將我綁來此處，大約是想一償夙願，激得墨淵同她打一場，好在這一場打鬥中與墨淵惺惺相惜，繼而暗生情愫，繼而你猜我我猜你，繼而真相大白郎有情妾有意，繼而琴瑟和諧雙宿雙飛。卻連累我來當這顆墊背的石頭子兒，我覺得既無辜，又委屈。

我正自委屈著。

右旁一個侍女領受了她主子一個眼神，突然有派頭地咳了一咳，調出個中氣十足的訓話聲，怒目向著我：「崑崙墟乃四海八荒一等一的清潔神聖地，你這一身媚氣的公狐狸，卻是如何混進去勾引墨淵上神的？」

我那時年幼，還不大曉得「勾引」兩個字是什麼意思，蒙了一蒙，升調「啊」了一聲，表示疑問。

她狠狠瞪我一眼：「你瞧你的眼長得，眉長得，嘴長得，煙火氣重得。自收了你做徒弟，墨淵上神便鎮日悉心呵護。」瑤光上神臉色略有不善，那侍女立刻改口道，「便荒廢仙道，我家上神念著同為仙僚，不忍見墨淵上神誤入歧途，才不得不施以援手。」緩了一緩道，「雖則你犯下如此大錯，但我家上神歷來慈悲為懷，你便隨我家上神做個座前童子，潛心修行，也消一消你的頑興塵心，還不快快跪謝我家上神此番大恩。」

我呆呆望著她們，完全搞不明白這究竟唱的是哪一齣。想了半日，覺著自己自來崑崙墟，除了背地裡暗暗偷了壺酒外，一直活得中規中矩。若還要尋我犯了什麼錯，便只有開初走了關係才拜進這個師門。再說，走關係這個事也不是我想走的。

想到這裡，我理直氣壯得很：「我沒對師父怎麼樣，師父待我好些是因得了故人囑咐，憐憫我身世淒慘。妳把我抓來這裡，還潑我的水，師父一根指頭都比妳好百倍千倍，我才不當妳座前的童子。」說這個話的時候，我其實並不覺得墨淵比瑤光好，只是為了氣她一氣。

瑤光上神果然氣得哆嗦，猛一拍桌子：「如此冥頑不靈，將他拉去水牢先關三日。」

如今想來，那時瑤光正被妒火燒紅了眼，雖是個誤會，我一個小孩子卻年輕氣盛忒不會說話，生生將一個尚可以扭轉的誤會打成死結，後來兩日吃的苦頭，著實活該。

瑤光上神府上的水牢，比一般水牢有趣許多。牢中無人時，不過齊腰深的渾水；將一個活人投下去，水卻沿著腰際一寸一寸漫上來，漸至沒頂。雖則沒頂，倒淹不死人，只教你時時領受窒息的痛苦。若一直這麼窒息，興許窒著窒著也習慣了，但窒個把時辰，水卻又慢慢退回去，教你喘口氣，再從頭來折騰你。

我因游手好閒了很多年，使出吃奶的氣力，也全敵不過一位上神，反抗不能，只有挨宰的分。

墨淵找來時，我已被折騰得去了半條命。

即便去了半條命，到底是生機蓬勃的少年人，迷糊裡還記得墨淵沉著臉一掌震開牢門上的玄鐵鎖鏈，火光四濺中將我從水裡撈出來，外袍一裹抱在懷裡，冷颼颼與臉色蒼白的瑤光道：「二月十七，蒼梧之巔，這筆帳我們好好清算。」

瑤光淒然道：「我的確想同你較量一場，卻不是這樣的情景，也不是……」

我沒將她那句話聽完整，已被墨淵抱著大步離開了。門口碰著大師兄，要伸手來接我，師父沒給，就這麼一同走了。

那時，我第一次覺得，墨淵即便沒長一張闊口，說話的聲兒也洪亮沉穩。即便手臂不如石柱粗壯，也很強健有力。墨淵並不是個小白臉。

方回崑崙墟，我便睡死過去。醒來聽大師兄說，墨淵已前去蒼梧之巔同瑤光上神決鬥。因這情景千萬年難得一見，從二師兄到十六師兄，都悄悄跟著看熱鬧去了。大師兄甚遺憾問我：「你說師父他老人家怎麼就欽點了我來照看你？」我當然不曉得為什麼，看不成墨淵和瑤光的決戰，我也感到很遺憾。

大師兄一向關不住話，聽他絮叨幾日，我才曉得瑤光擄我這個事，其實做得嚴密。

我那夜到了滅燈時刻也未回房，眾師兄們十分焦急，崑崙墟上上下下遍尋我不著，便懷疑我招惹了瑤光上神座下的仙婢，被纏住了。雖然做出了這個推測，但沒什麼真憑實據，眾師兄都很憂慮，不得已，才去驚動了師父。行將安歇的師父聽了這個事，只披起一件外袍，便領著大師兄殺去了瑤光上神府邸。

瑤光上神抵死不認，師父亮出軒轅劍，也沒顧什麼禮儀，一路闖進去，才尋到了我。

大師兄嘖嘖感嘆：「若不是師父的魄力，十七你大約便沒命重見生天了。」繼而笑道，「你一回崑崙墟便甚沒用地暈了過去，睡夢裡還抱著師父的手嚷嚷難受，怎麼也扒拉不下來，師父聽得不是滋味，只好邊拍你的背邊安慰『不怕了，不怕了，有師父護著你』，呵呵，你那副模樣，真跟個小娃娃沒區別。」我臉紅了一紅，他又疑惑道，「話說你到底怎麼得罪了瑤光上神，她戾氣雖重些，以往也並不見得這樣心狠手辣。」

我一番調養，將這事前後一思索，心中已有一個本子。本想告訴他，因那位上神此次喝了莫名的飛醋遷怒於我。但又覺得背地說他人是非的行徑不好，訥訥地隨便應付了兩句。

我此番夢到墨淵，正是夢到這一樁事。夢中的場景，至此都與現實毫無二致。原本蒼梧之戰後，那日下午墨淵便回了崑崙墟，瑤光輸得慘烈，這一戰後，徹底對墨淵死了心，府邸都遷得遠遠的。但在我的這個夢裡，二月十七蒼梧之戰後，墨淵卻再沒回來。我日日抓著大師兄問，師父究竟什麼時候回來，大師兄皆答的是，快了，快了，快了。

即便在夢中，我總算將這問題問出來了，這個問題，卻也問得忒遲了些。

但我信任大師兄，他說的快了，快了，我便覺得真的快了，快了。

我在夢裡也等了七萬年，即便等了七萬年，在那個夢裡，我卻一直傻乎乎地信任著大師兄，信任著快了，快了。那分天真坦蕩又樂觀的心境，與現下沒法比。

——**上・完**

國家圖書館出版品預行編目資料

三生三世十里桃花（上）／唐七 著.
--初版.--臺北市：平裝本. 2021.11
面；公分（平裝本叢書；第0527種）
（☆小說；10）
ISBN 978-986-06756-6-5（平裝）

857.7　　110016395

平裝本叢書第 0527 種
☆小說 10

三生三世十里桃花（上）

作　　者—唐七
發 行 人—平雲
出版發行—平裝本出版有限公司
台北市敦化北路120巷50號
電話◎02-27168888
郵撥帳號◎18999606號
皇冠出版社(香港)有限公司
香港銅鑼灣道180號百樂商業中心
19字樓1903室
電話◎2529-1778　傳真◎2527-0904
總 編 輯—許婷婷
責任編輯—張懿祥
美術設計—單宇
著作完成日期—2020年1月
初版一刷日期—2021年11月

法律顧問—王惠光律師

讀者服務傳真專線◎02-27150507
電腦編號◎541010
ISBN◎978-986-06756-6-5
Printed in Taiwan
本書特價◎新台幣299元/港幣100元